Sabine Bartsch
Zwischen Jetzt und Morgen

AF216269

Sabine Bartsch wurde im schönen Oldenburg geboren, wo sie eine unbeschwerte Kindheit mit ihrer Freundin Pippi Langstrumpf verbrachte.
Nach dem Studium war sie in diversen Jobs als Kulturmanagerin tätig und ist heute Geschäftsführerin eines Kulturzentrums.
Ihre Freizeit widmet sie dem Schreiben.

Außerdem von der Autorin erschienen:
Das mit dir und mir (dtv 2014)
A Song about Love (BoD 2016)
Das Zwillingsmatch (BoD 2017)
Diese ganze Herzscheiße (ebook 2018)

Sabine Bartsch
Zwischen Jetzt und Morgen

© 2019
Sabine Bartsch
www.sabine-bartsch.de
Lektorat:
Mareike Fröhlich
Cover- und Umschlaggestaltung:
Laura Newman – design.lauranewman.de
Herstellung und Verlag:
BoD – Books on Demand, Norderstedt
Printed in Germany * ISBN 9 783744 835862

Wenn du mit sechzehn über Schuld und Sühne nachdenken musst, dann spielt das Leben gerade seine Arschkarte für dich aus. Und mit *Schuld und Sühne* meine ich nicht den Schinken von Dostojewski. Ich rede von echter Schuld. Davon, dass Gut und Böse sich seltsam verschieben können. Und das sechzehn echt zu jung ist, um sich damit auseinandersetzen zu müssen.

Dabei war bis vor kurzem noch alles okay in meinem Leben. Vielleicht etwas langweilig, aber sonst alles okay. Keinen Stress mit den Eltern. Perfekte Noten. Nette Freundinnen. Gut, einen unerfüllbaren Traum hatte ich. Ich wollte so sein, wie alle anderen. Ein hübsches, cooles Mädchen, das den Jungs reihenweise die Köpfe verdreht. Nur war ich nicht hübsch. Und cool schon gar nicht. Plötzlich ist das komplett egal. Denn jetzt muss ich mich mit Schuld auseinandersetzen und damit, ob Rache eine Option für mich wäre.

Aber vielleicht beginne ich einfach ganz am Anfang.

Was bisher geschah in meinem ach so tollen Leben

Meine Kindheit verlief gänzlich unspektakulär. Knie aufschlagen, weinen. Durchgekitzelt werden, lachen. Das Übliche halt.

Als ich mit zwölf in die Pubertät kam, wurden die Leute um mich herum komisch. Vor allem die Mädchen aus meiner Klasse. Alle schienen irgendwie durchzudrehen, nur ich blieb als Einzige normal. Ich schwöre es!

Mit vierzehn gab ich mich eine kurze Zeit der Illusion hin, das Schlimmste überstanden zu haben, doch dann teilte sich der Mikrokosmos unserer Klasse in drei Lager und mir wurde klar, das Elend beginnt gerade erst.

Lager Eins: Das Coole-Typen-Lager. Hübsche Mädchen, die ihre Reize schamlos einsetzten und aufgeregte Jungs, die das zu schätzen, nicht aber damit umzugehen wussten.

Lager Zwei: Das Mich-gibt-es-auch-noch-Lager. Jungs und Mädchen, die nicht so recht in die Welt passten, aber trotzdem mitspielen durften.

Lager Drei: Das Spargel-auf-zwei-Beinen-Lager. Einziges Mitglied: Maryam Landmann. Das bin ich.

Mit sechzehn hatte sich daran nichts Wesentliches geändert und ich beschloss, Zynikerin zu werden.

Der Beginn meiner Karriere als große Zynikerin

Den Metamorphosenversuch vom Spargel-auf-zwei-Beinen zur großen, gnadenlosen Zynikerin startete ich in der Schule.

Mein erstes Opfer: Tamara (Lager eins). Als Arsch und Titten verteilt wurden, war sie es, die am lautesten hier geschrien hat. Ihr habt es alle gehört, oder?

Sie stand auf dem Schulhof, blickte einem der coolen Jungs -Hannes, ebenfalls Lager eins, Tamara bewegte sich nur im Kreis der Lager-eins-Typen - tief in die Augen und sonderte einen unglaublich dämlichen Satz ab. „Ich darf das, Hannes, ich bin klein und niedlich - und ich hab Brüste." Dabei streckte sie ihre Titten noch etwas mehr in Richtung des Jungen.

Mein Auftritt: Ich stellte mich direkt neben sie und sah dem Typen auch tief in die Augen. „Sie darf das, Hannes, sie hat nämlich noch ein unschlagbares Attribut, das ihr Jungs zu schätzen wisst - kein Gehirn." Dann drehte ich mich um und ging weg.

Ich fand mich cool! Jedenfalls für einen kurzen Moment, denn nun stellte sich mir jemand in den Weg. Daniel. *Crazy Daniel.* Ich kannte ihn kaum, aber es rankte sich so manches Gerücht um ihn. Wobei *der Typ hat sich komplett den Verstand weggekifft* noch das Harmloseste war. Manche hielten ihn für gefährlich, was ich übertrieben fand, schließlich war er gerade mal sechzehn oder siebzehn und ziemlich klein. Pickel hatte er auch.

„Was ist?", fragte ich herausfordernd.

Crazy Daniel kam ganz dich zu mir und versuchte sich an einem finster wirkenden Gesicht. Ich nahm seinen leicht ranzigen Geruch wahr.

„Halt dich gefälligst von meinen Freunden fern", zischte er.

„Und wenn ich das nicht tue, wirst du ganz, ganz böse?" Ich grinste.

„Darauf kannst du Gift nehmen." Sein Mundgeruch ließ mich leicht zurückweichen. Aber dieser Zwerg würde mir ganz sicher keine Angst machen.

„Leck mich!" Ich wollte weggehen, aber er hielt mich am Arm fest. „Lass mich los, du … "

Sein Gesichtsausdruck ließ mich verstummen.

„Ich soll dich lecken?" Er schaute mich so kalt an, dass mein Herzschlag für eine Sekunde aussetzte.

„Das kannst du haben", er zögerte einen Moment, bevor sein Griff härter wurde, er sich dicht an mich drückte und ein „Baby!" ausspuckte. Dann ließ er mich los und verschwand. Ich musste ein paar Mal tief Luft holen, um meinen Puls wieder auf Normalmaß zu bekommen.

Herr Friedrich, unser Mathelehrer (keinem Lager zugehörig, weil Lehrer, also Neutrum), kam den Flur entlang. Er trug wie immer ausgebeulte Cordhosen und hatte eine Perücke auf, mit der er aussah, als hätte jemand ihm einen toten Nerz auf den Schädel getackert. Im Hintergrund sah ich Daniel, der etwas zu Hannes sagte und dabei in meine Richtung deutete. Ich würde mich von diesem Typen fernhalten, wie man sich von einer Pockenepidemie fernhielt.

Jessica (Lager eins bis zwei), die nicht ganz so blöd war wie der Rest der Truppe, lief die Treppe hoch. Friedrich starrte ihr hinterher, direkt auf den Arsch, der in ziemlich engen Jeans steckte. Das machte er oft, vermutlich glaubte er, es merke keiner. Ich wollte gar nicht darüber nachdenken, was dabei in dem Gehirn unseres Mathelehrers an schmutzigen Fantasien abging. Ich schaute ihm dabei zu, wie er auf den Hintern starrte. Mehr war gar nicht nötig. Ertappt blickte er zu Boden, dann ging er schnell ins Lehrerzimmer.

„Musst du dich eigentlich unbedingt bei allen unbeliebt machen, Maryam Landmann?" Wie aus dem Nichts stand der Typ neben mir, dem Tamara eben noch ihre Titten ins Gesicht gehalten hatte. Hannes. Der coole Hannes. Der supercoole Hannes.

„Wie kommst du darauf, dass ich mich unbeliebt mache?", fragte ich herausfordern.

„Ich beobachte dich schon eine ganze Weile, Maryam Landmann."

„Du machst was?" Ich war dezent irritiert. Eigentlich war ich sogar sehr irritiert. Bislang war ich nämlich davon ausgegangen, dass eine unsichtbare Wand zwischen Lager eins und dem Rest der Welt verlief, die verhinderte, dass die coolen Typen sich überhaupt mit Lager zwei beschäftigen mussten. Von Lager drei ganz zu schweigen.

Hannes grinste mich frech an. Ich versuchte ihm nicht in die Augen zu sehen, weil die einfach viel zu grün waren, um von dieser Welt zu sein. (Nein, das habe ich jetzt nicht wirklich gedacht!)

„Ich beobachte dich", wiederholte er seinen Satz wenig originell.

„Aha, und darf ich wissen, was genau dein Interesse an mir geweckt hat?"

Hey, der Satz war gar nicht schlecht für einen Spargel-auf-zwei-Beinen. Fast schon Zynikerinnenmäßig.

„Du bist anders als die meisten anderen."

„Was du nicht sagst." Dass ich anders bin als die meisten anderen, weiß ich selbst. Ich bin Maryam Landmann, der Spargel-auf-zwei-Beinen.

Friedrich kam wieder auf den Flur, er schaute demonstrativ an mir vorbei.

Ich schaute demonstrativ zu ihm hin. „Pelz trägt man doch eigentlich um die Schultern, oder?", fragte ich mehr mich selbst als sonst jemanden.

„Was?"

„Na, der Typ", ich nickte Friedrich hinterher, „hat ihn sich auf den Kopf getackert. Ist das ein Modetrend, der mir entgangen ist?"

Hannes lachte kurz auf, aber ich war mir nicht sicher, ob er meinen Scherz verstanden hatte.

„Ich mag deinen Witz, Maryam."

„Das war kein Witz, das war Zynismus - und das ist definitiv etwas völlig anderes."

„Maryam ist ein echt schöner Name."

„Wenn du das sagst." Ich blickte knapp an ihm vorbei. Was will der Typ von mir?

Er lächelte immer noch in meine Richtung und ich bemerkte das kleine Grübchen in seiner linken Wange. Dann zwinkerte er mir zu. Lager eins zwinkert Lager drei zu!

Hallo?! Was geht hier eigentlich ab?

Nun sah ich diesem Typen doch in die Augen, ich würde mich nämlich ganz sicher nicht von einem Lager-eins-Deppen verarschen lassen. „Hast du irgendeine Wette laufen, oder so?" Ich versuchte, ein möglichst gelangweiltes Gesicht zu machen.

„Wette?" Er wirkte echt überrascht. Oder er war ein guter Schauspieler, woher sollte ich das wissen. Ich kannte mich mit Lager-eins-Ärschen nicht aus.

„Ach, vergiss es einfach", sagte ich so cool wie möglich und ließ ihn stehen.

Lager drei lässt Lager eins stehen! Ha!

Maryam Landmann und der obercoole Hannes

„Hallo, Maryam Landmann!"
Ich nahm den Helm ab und machte das Schloss an meinem Roller fest. Es war drei Minuten vor Unterrichtsbeginn.
„Hallo, Hannes."
„Hallo, Maryam Landmann."
„Maryam würde es auch tun."
„Maryam Landmann!"
„Hast du Tourette, oder wie nennt man die Krankheit?"
„Lass mich raten, Maryam Landmann, das sollte zynisch sein, oder?"
„Nee, war nur ne Frage. Ich kenne nämlich nicht viele Typen, die sich vor mich stellen und stereotyp meinen Namen wiederholen. Kommt mir irgendwie krank vor."
Genau wie die Situation. Warum redete der überhaupt mit mir?
„Du bist ziemlich gut in Mathe."
„Ich weiß."
„Ich nicht."
„Soso." (Das wusste ich natürlich, aber Hannes musste ja nicht wissen, dass ich das wusste.)
„Du bist ja nicht gerade sehr gesprächig, Maryam Landmann."
„Morgens nie."
„Dann frage ich dich lieber heute Mittag."
„Was fragst du mich heute Mittag?"

„Das erfährst du heute Mittag." Er grinste schief, zwinkerte und weg war er.

Was war das denn jetzt schon wieder?

Irgendwie konnte ich dem Unterricht nicht ganz so konzentriert folgen wie normalerweise. Was wollte dieser Typ von mir? Hannes aus Lager eins. Ich beschloss, das Ganze zu vergessen und widmete mich der zeitgenössischen Kunst Europas, nicht gerade mein Lieblingsthema.

Mittags ging ich in die Mensa. Er hatte nicht gesagt, wo er mich das fragen wollte, was er mich fragen wollte. Ich setzte mich so, dass ich die Eingangstür im Auge hatte. Er kam nicht. Ich nahm noch einen Nachtisch. Grießbrei mit eingelegten Pflaumen. Widerlich! Um fünf vor zwei ging ich über den Schulhof zurück Richtung Seminarraum.

„Maryam Landmann!"

Ich zuckte zusammen, der Idiot hatte meinen Namen über den ganzen, verdammten Schulhof gerufen. Ein paar Mädchen sahen zu uns rüber. Vermutlich fragten sie sich, was dieser toll aussehende Typ von der langweiligsten Trulla der ganzen Schule wollte. Ich blieb stehen und wartete, bis er mich eingeholt hatte.

„Geht's vielleicht noch etwas lauter?"

Er ging schweigend neben mir her. Der Schulhof leerte sich bereits, der Unterricht fing jeden Moment an. Leer wirkte der Hof auf mich immer ein bisschen wie die Kulisse eines schlechten Gruselfilms. Gleich würde ein maskierter Irrer mit Messer in der Hand aus einer der Ecken springen.

Hannes schwieg noch immer. Hallo? Was will der von mir?

„Was willst du?"

„Du bist ziemlich gut in Mathe, Maryam Landmann."

„Sagtest du heute Morgen schon."

„Und ich bin eine Niete."

„Aha."

„Vielleicht könntest du ja was dagegen tun?"

Ich blieb stehen und schaute ihm direkt in die Augen. Warum, verdammt, waren die so unglaublich grün?

„Wogegen könnte ich deiner Meinung nach was tun?"

Hannes grinste mich frech an und legte eine Hand auf sein Herz. „Maryam Landmann, würdest du mir eine Winzigkeit deiner kostbaren Zeit opfern?"

Ich schaute mich um, ob jemand uns mit seinem Handy filmte. Vielleicht Tamara, die Tittenkönigin. Aber es war niemand mehr auf dem Hof, der Unterricht hatte schon begonnen.

„Red keinen Scheiß, Hannes."

„Im Ernst, du könntest mir Nachhilfe geben … ich meine, ich kann dafür nichts bezahlen … "

Ich war mir nicht sicher, ob er mich nur verarschen wollte, oder ob seine Frage ernst gemeint war. Deshalb sah ich ihn kalt an (jedenfalls war das mein Plan). „Ich glaube, das ist keine so gute Idee, Hannes. Bei dir ist nichts mehr zu machen. Wie du bereits sagtest, du bist eine Niete." (Aber nur in Mathe, fügte ich in Gedanken hinzu.)

„Autsch, Maryam Landmann, das hat gesessen." Er lachte und zwinkerte mir wieder zu, das wurde ja regelrecht zur Gewohnheit. Und es ließ mich nicht gerade kalt, um ehrlich zu sein.

„Ich hab nur bestätigt, was du gesagt hast", erwiderte ich.

„Und du meinst, da ist gar nichts mehr zu machen? Sogar der kleinste Versuch, mir auf die Mathesprünge zu helfen, wäre vergeblich?"

Ich schaute ihn an und dachte nach, während er mich blöd angrinste.

„Du willst also Mathenachhilfe?"

„Yep."

„Und warum ausgerechnet von mir, wenn ich fragen darf?"

„Ganz einfach. Du bist die Beste."

Damit hatte er allerdings recht. Ich überlegte wieder, dann sah ich ihm in die Augen. „Na gut, aber zu meinen Bedingungen."

„Und die wären, Maryam Landmann?"

„Einmal in der Woche zwei Stunden konzentriertes Arbeiten. Du kannst dir aussuchen, ob Mittwoch- oder Freitagnachmittag."

„Mittwochs. Aber zwei Stunden sind … "

„Wie gesagt, zu meinen Bedingungen oder gar nicht."

„Mittwoch ist morgen. Wann und wo?"

„Um drei in der Mensa."

„Ich bin da, Maryam Landmann."

„Wenn du da bist, bist du da, wenn nicht, nicht. Mir ist das egal, ich bin ja schon gut in Mathe."

Damit drehte ich mich um und ging in die Klasse.

Am nächsten Tag saß er schon an einem der Tische in der Mensa und wartete auf mich. Hannes, die Matheniete. Vielleicht hatte er ja null Gehirn, genau wie Tamara, wer konnte das wissen. Sensationell aussehen tat er jedenfalls, deshalb war ich nicht ganz so cool, wie ich es mir gewünscht hätte, als ich zu seinem Tisch ging.

„Hallo, Hannes."

„Hallo, Maryam Landmann", grinste er mich mit strahlendem Lächeln an.

Ich setzte mich ihm gegenüber. „Die nächsten zwei Stunden werden dir keine Freude machen, Hannes."

„Da ist vermutlich was dran." Er lehnte sich lässig zurück.

„Darauf kannst du Gift nehmen." Ich versuchte mich ebenfalls lässig zurück zu lehnen.

„Bist du eigentlich immer so gnadenlos, Maryam Landmann?"

„Immer."

Wir machten uns an die Arbeit. Hannes war erstaunlicherweise lernfähig, zwei Stunden später hatten wir richtig was geschafft.

„Ich hätte nicht gedacht, dass du lernfähig bist."

Er stutzte. „Was hast du denn gedacht, Maryam Landmann. Dass ich der absolute Volltrottel bin?"

„Etwas in der Art."

„Und, stürzt dein Weltbild jetzt zusammen wie ein Kartenhaus?" Er lächelte und ich konnte nicht verhindern, dass etwas ziemlich tief in mir zu kribbeln begann.

Er war einfach total scharf. Ich fühlte, wie mir die Röte den Hals hinaufkroch.

„Ich werde es verkraften", sagte ich so cool wie möglich. „Nächste Woche, gleiche Zeit, gleicher Ort?" Er nickte. „Dann bis nächste Woche." Ich stand auf und ging zur Tür.

„Maryam Landmann!!!"

Wieso musste dieser Depp eigentlich meinen Namen immer durch die ganze Welt schreien? Ich drehte mich langsam zu ihm um.

„Danke, Maryam Landmann!" Er winkte, während die komplette Mensa uns beobachtete. Vermutlich war mein Gesicht rot wie eine Tomate. Ich winkte zurück und haute ab.

„Und, Spaß gehabt?" Tittenkönigin Tamara! Na super!

Sie stellte sich mir in den Weg und ich stellte mich blöd.

„Hä?"

„Mit Sexy-Hannes?"

Ich wollte an ihr vorbeigehen, aber sie hatte offensichtlich das Bedürfnis nach Konversation, sie ließ mich nicht durch.

„Was willst du?", fragte ich herausfordernd. Jedenfalls hoffte ich, dass es herausfordernd klang.

„Ich will wissen, ob du Spaß hattest." Etwas in ihren Augen zwinkerte nervös. Sie war unsicherer, als sie scheinen wollte.

Ich grinste spöttisch. „Hör zu, *kleine, niedliche Tamara,* ich will nichts von dir und du willst ganz sicher nichts von mir. Also geh mir aus dem Weg, okay?"
Sie bewegte sich nicht von der Stelle. Was nun? Sollte ich mich mit ihr prügeln? Lustiger Gedanke eigentlich. Ich wiederholte meine Frage noch mal ganz langsam, so als würde ich mit einem Kleinkind reden. „Was willst du?"
Sie blickte mich mit ihren dämlichen, wasserblauen Augen an, sagte aber nichts. Offensichtlich wusste sie selber nicht, was sie von mir wollte. Kein Wunder, sie war nun wirklich nicht die hellste Kerze auf der Torte. Sie glotzte einfach weiter blöd. Ich wedelte ein paar Mal mit den Händen vor ihrem Gesicht rum. „Hallo, jemand zu Hause?"
Wie durch ein Wunder erwachte sie zum Leben.
„Bilde dir bloß nicht ein, dass er mehr von dir will als Nachhilfe, du … du … "
Scheinbar waren in ihrem Hirn nicht genug Synapsen vorhanden, um das Wort zu finden, nachdem sie suchte.
„Ich was?"
„Du … du … "
Oh Mann! Ich schob sie zur Seite und ging weiter. Die ist ja dämlicher als ein Schnitzel.

Rache ist süß, macht aber verdammt hungrig

Ich hatte den restlichen Nachmittag in meinem Zimmer verbracht und mir dabei eingeredet, dass ich das nur tat, um meiner Familie aus dem Weg zu gehen. Aber in Wirklichkeit dachte ich die ganze Zeit an ihn. Hannes. Mit den grünsten Augen und dem umwerfendsten Lächeln der Welt.

„Mary, kommst du, Abendessen ist fertig!", rief Mama zu mir hoch. Ich blieb auf meinem Bett liegen. Meine Familie konnte mich mal.

Fünf Minuten später: „Wir haben alle Hunger, jetzt komm endlich!" Mama klang stark genervt.

Ich wälzte mich also vom Bett, schlüpfte in meine Sneakers und ging runter zu den anderen. Sie saßen alle schon am Tisch. Mein älterer Bruder Mathias, genannt Mats. Meine jüngere Schwester Lena, genannt Lena. Und das Ehepaar Landmann, meine Erzeuger.

Ich schaute niemanden an und setzte mich schweigend an meinen Platz. Mal sehen, wann jemand bemerkte, dass etwas nicht stimmt.

„Die Familie vollzählig versammelt, dann kann es ja losgehen", meinte Papa und gab uns von den Spaghetti auf. Ich rührte sie nicht an, während meine Geschwister die Nudeln in einem Affenzahn in sich reinzuschaufeln. Papa erzählte lustige Anekdoten aus seinem aufregenden Leben als Bauingenieur, die kein Stück lustig waren. Alle lachten.

Fast alle.

Nach einer gefühlten Ewigkeit schaute Mama endlich zu mir, ich hielt den Blick gesenkt.

„Was ist denn los, Mary, warum isst du nichts?"

Eigentlich hatte ich echt Hunger und die Nudeln sahen absolut verlockend aus. Doch ich wollte Rache!

„Maryam?"

„Ich esse nicht, weil ich krank bin", schnaubte ich Richtung Tischtuch.

„Krank? Wieso, was hast du denn?", fragte Papa. Genau der Richtige!

Ich schnappte mir die Serviette, mit der ich die Theatralik der Situation zu steigern gedachte, und blickte ihm direkt in die Augen. „Ich habe eine Insektenstichallergie!" Dann knallte ich die Serviette auf den unberührten Teller, sah noch, wie sie sich mit Tomatensoße vollsog, stand auf und ging aus dem Zimmer. Ganz langsam, wie es sich für eine gekränkte Diva gehörte. Keiner sagte etwas. Als ich die Treppe zu meinem Zimmer hoch ging und die Blicke der anderen sich in meinen Rücken zu bohren schienen, kam ich mir allerdings doch ziemlich kindisch vor.

Maryam Landmann, die Drama-Queen!

Doch alles in allem war es ein perfekter Abgang, ich war zufrieden.

Und hungrig, verdammt hungrig!

Morgens, vor der Schule, war Papa ins Bad gekommen, während ich unter der Dusche stand. Eigentlich schließe ich immer ab, dieses Mal hatte ich es vergessen. Er drehte mir schnell den Rücken zu, murmelte *bin gleich wieder draußen*, kramte in einer Schublade rum, fand nicht, wonach er suchte und verschwand so schnell, wie er gekommen war.

Kurze Zeit später ging ich in den Flur. Da hörte ich ihn im Schlafzimmer mit Mama flüstern. „Unsere Mary hat immer noch keinen Busen, das sind eher hochgezüchtete Mückenstiche", sagte er lachend.

Das *Psst* von Mama klang, als würde sie grinsen.

Ich bin in mein Zimmer gerannt und habe erstmal zweihundert Stunden geheult.

Ich hörte meinem Magen beim Rumoren zu, da klopfte es.

„Mary, darf ich reinkommen?" Meine Mutter!

„Ich gehöre nicht mehr zu dieser Familie!"

„Marykind, bitte!" Marykind! Bin ich fünf, oder was? Mama klopfte wieder, dann drückte sie die Klinke runter. Ich hatte abgeschlossen.

„Maryam, bitte lass uns reden, okay?" Ich schwieg und dachte darüber nach, ob mein Schweigen kindisch war. So wie mein Abgang gerade. Zynisch war es jedenfalls nicht. Dabei wollte ich doch eine große, gnadenlose Zynikerin werden! Mama klopfte noch ein paar Mal, dann gab sie auf.

Kurze Zeit später bekam ich eine Nachricht. Vermutlich von Mats oder Lena, die von Mama instruiert worden waren. Ich schaute auf mein Handy.

Hallo stand da. Die Nachricht war von einer Nummer, die ich nicht kannte. Einfach nur *Hallo*.

Was sollte das denn? Ich reagierte nicht.

Kurze Zeit später kam eine zweite Nachricht.

Hallo, Maryam Landmann! Etwas fuhr mir tief in den Magen – und das war definitiv kein Hunger.

Maryam Landmann! Das konnte nur von ihm sein. Von Hannes. Was sollte ich antworten? Sollte ich überhaupt antworten? Woher hatte er meine Nummer? Ach ja, hatte ich ihm ja gegeben. Heute Nachmittag. Ganz ruhig, Mädchen, der will dich nur ein bisschen hochnehmen, mehr nicht!

Ich wartete erst mal ab und guckte alle dreißig Sekunden auf mein Handy. Nachdem keine weitere Nachricht kam, überlegte ich mir eine möglichst originelle Antwort. Mir fiel nichts ein, also antwortete ich nicht.

Ich musste unbedingt wieder runterkommen von diesem *Hannes-Trip*.

Es klopfte erneut, dieses Mal etwas forscher. Ich blieb auf dem Bett liegen und regte mich nicht. Erneutes Klopfen.

„Maryam, ich möchte mit dir reden, bitte."

Papa!

Er klopfte wieder. „Mach bitte auf."

Ich blieb liegen.

„Hör mal, was ich dir sagen will, kann ich unmöglich durch die geschlossene Tür sagen, also mach auf."

„Lass mich einfach in Ruhe, ja!" Ich wollte absolut nicht mit ihm reden.

„Ich bleibe so lange vor deiner Tür stehen, bis du rauskommst, Maryam."

„Mir egal!"

„Nun mach auf und benimm dich nicht wie ein Baby!"

Ich benehme mich wie ein Baby?

Erbost sprang ich auf, drehte den Schlüssel um, und legte mich zurück aufs Bett, bevor Papa das Zimmer betreten konnte. Er setzte sich auf den Schreibtisch- stuhl und guckte mich an, das konnte ich aus den Augenwinkeln sehen. „Willst du dich nicht hinsetzen, Mary?"

„Warum sollte ich?"

„Dann könnten wir uns besser unterhalten."

„Ich will mich aber gar nicht unterhalten, stell dir mal vor."

„Mary, mach es mir bitte nicht so schwer."

Jetzt setzte ich mich doch auf und schaute meinem Vater in die Augen. „Ich mache es dir schwer? Geht's noch?"

Papa blickte verlegen zu Boden. „Das … heute Morgen … es tut mir leid, ehrlich. Das war nicht so gemeint, nur ein blöder Scherz, okay?"

„Nichts ist okay!" Ich funkelte ihn böse an. „Wenn ich für dich nicht die perfekte, tolle Tochter bin, dann such dir eine andere." Ich hörte mich an wie mit zehn und mir war auch noch nach Heulen zumute. Zynisch ging anders, soviel war klar. Papa stand auf, setzte sich neben mich und nahm mich in den Arm. Er strich mir übers Haar wie einem Baby - und ich ließ es geschehen. Hallo?!

„Ach Mary, du bist mein perfektes, kleines Mädchen."

„Ich bin nicht klein, ich bin eine Bohnenstange!", entfuhr es mir und fast hätte ich wirklich geheult. Meine Hormone machten einfach, was sie wollten, diese Arschgeigen.

Ich mochte den Geruch von Papas Aftershave. Er benutzte das gleiche wie früher.

Er drückte mich an sich. „Du bist keine Bohnenstange, sondern ein total süßes, junges Mädchen."

„Das sag mal den Typen aus meiner Schule, da hast du die Lacher garantiert auf deiner Seite." Hannes zum Beispiel, fügte ich in Gedanken hinzu. Der steht auf Mädchen wie Tamara.

Papa richtete sich auf. „Die ärgern dich aber nicht etwa, oder? Ich meine, in der Schule? Du wirst doch nicht gemobbt, oder sowas?" Er sah besorgt aus.

Ich musste lachen. „Du glaubst ja wohl nicht im Ernst, dass ich mich mobben lassen würde?"

„Kaum vorstellbar, aber, wenn doch …"

„Ja?"

„… musst du mir das sagen."

„Und was würdest du tun?", fragte ich grinsend.

Mein Vater nahm mich wieder in den Arm und ich fühlte mich wie mit sieben, als Papa alles - wirklich alles – für mich in Ordnung gebracht hatte.

Er küsste mein Haar und flüsterte mir den Satz ins Ohr, den ich meine ganze Kindheit über von ihm gehört hatte und den ich jetzt, mit sechzehn Jahren, immer noch tröstlich fand.

„Wer meiner Prinzessin etwas tut, den werfe ich in den tiefsten Brunnen unseres Königreiches."

Mädchenkram

Am nächsten Morgen kam wieder eine Nachricht.
Bist du heute Mittag in der Mensa, Maryam Landmann?
Ich überlegte ziemlich lange, was ich antworten
sollte. Und was dieser Typ eigentlich von mir wollte.
Nachhilfe war erst nächste Woche wieder dran. Ich
meine, war das so ein Mitleidsding, oder was? Der
coole Hannes schenkt einen kleinen Teil seiner ach
so kostbaren Aufmerksamkeit dem hässlichsten
Entlein der Schule? Vielleicht so eine Art Sozial-
projekt? Ich wusste es einfach nicht, deshalb
antwortete ich überhaupt nicht. Ich würde natürlich
heute Mittag in der Mensa sein. Wie jeden Mittag.
Carla (Lager zwei) saß an einem Tisch in der Mitte,
ihr schwarzer Geigenkasten lehnte am Tischbein. Sie
hatte also noch Orchesterprobe. Klar, war ja
Donnerstag. Ich ging zu ihr, ohne mich weiter in der
Mensa umzusehen.
„Hey Carla", grüßte ich sie, während ich mich an den
Tisch setzte. Sie lächelte mir zu, so dass ich ihre
Zahnlücke sehen konnte. Carla hatte sich als Kind
mit Händen und Füßen gegen eine Zahnspange
gewehrt, obwohl fast alle eine trugen und
Zahnspange irgendwie cool war - mit zwölf. Aber
Carla stand schon damals auf dem Standpunkt, dass
man nun mal aussah, wie man aussah. Daran hatte
sich kaum etwas geändert. Ich kannte niemanden,
der weniger eitel war als sie. Dabei könnte sie echt
was aus sich machen, wenn sie wollte. Aber sie
wollte eben nicht und jeder akzeptierte das.

Jedenfalls jeder, der ihr wichtig war. Ich zum Beispiel.

„Heute noch Probe?" Ich deutete auf ihren Geigenkasten. Sie antwortete nicht, sondern schaute mit süffisantem Lächeln etwas hinter mir an.

„Was ist denn?" Ich drehte mich um und war darauf gefasst, in die schönen Augen von Hannes zu blicken. Aber Carlas Blick hing an jemand ganz anderem. Allerdings auch Lager eins. Tamara.

„Wenn die einmal tief einatmet, springen ihr alle Knöpfe von der Bluse", meinte Carla spöttisch.

„Tamara", erwiderte ich, „bei der könnte man glatt zu der Auffassung gelangen, Titten können Gehirn zu hundert Prozent ersetzen."

„Was brauch ich Grips, wenn ich Möpse habe?" Carla klang überheblich, aber es schwang auch Mitleid mit. Eines war sie jedenfalls garantiert nicht, neidisch. Und damit war sie weiter als ich. Nicht, dass ich mit Tamara hätte tauschen wollen. Wobei es mich schon interessieren würde, wie man sich fühlt - als Amöbe. Aber wenn ich zu meinem Gehirn noch Tamaras Aussehen dazu bekommen würde - tja, ein Nein klingt anders, Freunde!

Carla guckte mich an und grinste ihr Zahnlückengrinsen. „Jedes Mal, wenn ich Tamara sehe, frage ich mich, wieso so jemand mit uns auf eine Schule gehen darf. Ich meine, Brot kann jedenfalls schimmeln, die kann nichts."

Carlas Sprüche waren manchmal sehr treffend.

„Den Jungs gefällt sie", erwiderte ich und hoffte, nicht neidisch zu klingen.

„Das legt sich automatisch, wenn die ihre Hormone besser im Griff haben."

„Also in etwa vierzig Jahren?"

„Fünfzig." Carla klang absolut entspannt. So, als wäre das Jungs-Thema etwas, das komplett an ihr abperlte.

„Aber doof ist das schon, oder?"

„Was?"

„Na, dass die Typen alle nur Titten und Ärsche im Kopf haben."

„Ich glaube, Fußball passt auch rein in ihre kleinen Köpfchen."

„Sei doch mal ernst, Carla!"

„Was ist dein Problem, Süße?"

„Ach nichts."

„Nun sag."

„Nichts."

„Du hast dich doch nicht etwa verknallt?"

„Quatsch, natürlich nicht." Ich musste an Hannes denken. *Natürlich nicht!*

„Maryam?"

„Was denn?"

„Sag mir sofort, wer es ist."

„Wer was ist?"

„Na, wer dir den Kopf verdreht hat."

„Niemand!"

„Du wirst rot."

Fuck! Ich sagte nichts mehr. Carla grinste wie ein Honigkuchenpferd.

„Was ist?", fragte ich genervt.

„Meine beste Freundin hat sich verknallt!"

„Du redest Blech, Carla!"

„Wer ist es?"

„Niemand, sagte ich doch schon."

Ein Schatten tauchte neben mir auf. „Hallo, Maryam Landmann!"

Hannes, verdammt!

„Du hast meine Nachricht nicht beantwortet", er blickte mich fragend an, „oder ist die nicht angekommen?"

„Doch." Aus den Augenwinkeln sah ich Carlas Mund offenstehen.

Hannes zog eine Augenbraue hoch. „Störe ich?"

„Allerdings", entgegnete ich.

Er lächelte mich an und ganz tief in meinem Inneren legte jemand einen kurzen Stepptanz hin. Ich wusste gar nicht, dass da jemand wohnt.

„Gnadenlos wie immer", sagte Hannes und zog wieder ab.

Ich schaute aus dem Fenster. Carla konnte ich jetzt unmöglich ansehen.

„Gnadenlos wie immer?" Ihre Stimme war ein einziges Fragezeichen.

„Ich gebe ihm nur Nachhilfe, mehr nicht."

„Nachhilfe, soso."

„Was soll das denn heißen?"

„Was?"

„Na, das *soso*."

„Soso heißt soso."

„Ach komm, Carla, das ist doch albern. Typen wie der interessieren sich für die Tamaras dieser Welt."

„Wer weiß, wer weiß." Ihre Zahnlücke dominierte das ganze Gesicht.

„Hör auf so zu grinsen. Das ist peinlich."

„Was soll daran peinlich sein?"

„Die gucken schon alle."

Carla schaute sich um. „Kein Schwein guckt. Das bildest du dir nur ein." Sie wiegte ihren Kopf. „Hannes also."

„Hannes also was?" Unser Gespräch ging mir ganz gewaltig auf den Zeiger.

„Wo gibst du ihm denn die Nachhilfe?", fragte Carla anzüglich.

„In der Mensa. Aufregend, was? *Nachhilfe in der Mensa*, das wäre doch ein toller Titel für einen extrascharfen Porno, was meinst du?" Angriff war die beste Verteidigung.

„Und was hat er damit gemeint, dass du seine Nachricht nicht beantwortet hast?"

„Genau das", entgegnete ich kühl.

„Komm, nun erzähl schon."

„Da gibt es nichts zu erzählen."

„Worüber redet ihr?" Flora (ebenfalls Lager zwei) knallte ihre Tasche auf den Tisch, setzte sich und sah uns fragend an.

„Über den heißesten Typen der Schule", meinte Carla. Flora sah sie fragend an.

„Hannes."

Ich wurde natürlich wieder rot. Na super!

Flora hob ihre Augenbraue und sah von Carla zu mir.

Carlas Zahnlücke kam wieder zum Vorschein. „Maryam gibt ihm Nachhilfe", sagte sie in einem Ton, als würde ich ihm den Hintern pudern.

Flora lehnte sich zurück und pfiff durch die Zähne. Ich fragte mich, womit ich diese Freundinnen verdient hatte.

„Können wir vielleicht mal über irgendwas Relevantes reden?"

„Was gibt es Relevanteres als gut aussehende Jungs?", erwiderte Flora.

Carla fächelte sich theatralisch Luft zu.

„Den Nahostkonflikt? Die Arschgeigen von der IS? Die Flüchtlingspolitik der EU? Donald Trump?"

Flora lachte. „Echt mal, Maryam, das interessiert dich ´nen Scheiß. Du willst nur ablenken."

„Wovon denn?"

„Von sexy Hannes."

„Das *sexy* hast du gesagt."

„Hey, komm schon, der Typ ist Sprengstoff."

Flora grinste anzüglich und Carla wedelte wieder theatralisch vor ihrem Zahnlücken-Gesicht herum.

Ich verdrehte die Augen. „Meine liebe Flora. Erstens hasse ich militärische Vergleiche und zweitens ist der Typ kein Sprengstoff, sondern einfach nur ein Depp mit einem Mathedefizit."

„Ein Depp, soso." Carla lachte.

„Hallo! Ich gebe jemanden Nachhilfe in Mathe und ihr tut so, als hätte Cody Simpson mir gerade einen Verlobungsring angesteckt."

„Wer ist Cody Simpson?", fragte Flora.

„Ach, vergiss es einfach. Lass uns was essen."

Wir holten uns etwas von der Essensausgabe und setzten uns zurück an den Tisch. Genau wie mir, blieb auch meinen Freundinnen nicht verborgen, dass wir beobachtet wurden. Der Depp, dem ich

Nachhilfe gab, saß ein paar Tische weiter und schaute unentwegt zu uns herüber. Ich ignorierte ihn, so gut es ging, und unterhielt mich mit Carla und Flora übers Wetter. Übers Wetter!

„Hannes beobachtet dich", sagte Flora nach einer Weile. „Warum nur?" Ihr Ton war anzüglich.

„Wenn schon, dann beobachtet er uns. Und wenn du wissen willst, warum, musst du ihn fragen", gab ich die Kratzbürste.

„Okay, ich frage ihn." Flora machte Anstalten, aufzustehen.

„Spinnst du, setz dich sofort wieder hin", zischte ich und zog sie am Ärmel auf den Stuhl zurück.

Carla guckte von mir zu Flora und wieder zu mir. „Warum beobachtet der dich die ganze Zeit?"

„Uns! Er beobachtet uns!"

Carla seufzte. „Hannes hat Maryam eine Nachricht geschickt und unsere kleine Diva hat ihm nicht geantwortet."

„Woher weißt du das?" Flora machte große Augen und zog die Stirn kraus. Mir wurde warm. Und unbehaglich. Ich wollte so schnell wie möglich das Thema wechseln.

„Hat er gesagt. Er war vorhin an unserem Tisch."

Flora schaute mich fragend an, ich zuckte mit den Schultern. „Was stand denn in der Nachricht?"

„Er wollte wissen, ob ich mittags in der Mensa bin."

„Und warum hast du nicht geantwortet?"

„Weil die Frage dämlich ist. Ich bin jeden Mittag in der Mensa."

„Und warum wollte der das wissen, ich meine … "

Sie überlegte einen Moment. „Der steht auf dich?"

„Der hat vermutlich irgendeine Wette laufen",
entgegnete ich so cool wie möglich.

„Was für eine Wette?"

„Was weiß ich. Vielleicht hat er mit seinen Kumpels
gewettet, dass er mich vor aller Welt blamieren kann,
oder so. Aber die Wette verliert der Typ, das steht
fest."

„Und wenn er dich wirklich mag?" Flora zwinkerte
mir zu. „Ich meine, hey, es ist immerhin Sexy-
Hannes."

„Ich bin nicht blöd, Flora! Es gibt nur eine sinnvolle
Erklärung für das Verhalten dieses Deppen."

„Und die wäre?", fragte Carla, während Flora mich
gespannt ansah.

„Das liegt ja wohl auf der Hand. Der Typ will mich
verarschen. Aber da hat er sich geschnitten, und
zwar ganz gewaltig."

Ich richtete mich kerzengerade auf und schaute
direkt zu Hannes Tisch. Er lehnte entspannt im
Stuhl, die Hände hinter den Kopf verschränkt, die
Beine von sich gestreckt und lächelte mir zu. An
einigen Plätzen begann man zu tuscheln. Alle
schienen gespannt, was nun passieren würde. Direkt
neben Hannes saß Crazy Daniel mit einem
gelangweilten Gesichtsausdruck. Komisches
Gespann, eigentlich.

Niemand verarscht Maryam Landmann! Ich erhob
mich.

„Was hast du vor?", flüsterte Flora leicht panisch.
Ich antwortete ihr nicht, sondern ging langsam zu
Hannes.

Die Gespräche an den Tischen verstummten.

Ich baute mich breitbeinig vor seinem Stuhl auf, die Arme vor der Brust verschränkt, und blickte ihm wortlos in die Augen.

Alle starrten uns an. Ein Mädchen hielt mit der Gabel kurz vor dem Mund inne. Sie wirkte wie eingefroren. Ihr gegenüber saß Tamara mit offenem Mund.

Hannes hob belustigt eine Augenbraue. „Was ist?"

Ich schob beide Hände in die Taschen meiner Jeans. „Sag du es mir."

„Was genau willst du wissen?"

„Du sitzt hier rum und spielst Mister Obercool, dabei guckst du die ganze Zeit zu mir rüber. Das sind vorpubertäre Codes, die ich nicht deuten kann. Also klär mich auf." Meine Stimme war aus Eis, jedenfalls hoffte ich das.

Daniel lachte meckernd. Auf Hannes Hals war eine leichte Röte entstanden.

„Ich wollte einfach ein bisschen gucken", meinte er unbekümmert.

Ich beugte mich vor, legte meine Hände auf jeweils eine Lehnen seines Stuhls und sah ihm in die Augen. Sämtliche Blicke waren auf uns gerichtet. Alle Antennen ausgefahren.

„Wenn du das nächste Mal *ein bisschen gucken willst*, würde ich dir den Ausschnitt von Tamara empfehlen, da gehören deine Augen nämlich hin", sagte ich laut. So laut, dass jeder es hören konnte. Dann beugte ich mich nah zu ihm runter, fast, als wolle ich ihn küssen. „Verarsch jemand anderen", zischte ich leise, richtete mich auf und ging mit aufrechtem Gang zurück zu unserem Tisch.

In der Mensa begann ein hektisches Gemurmel.

Carla und Flora saßen gespannt wie Flitzebogen da. Mein Herz klopfte bis zum Hals, doch äußerlich gab ich mich cool. Meine Hände behielt ich allerdings lieber unter dem Tisch, sie zitterten völlig unkontrolliert. Mein Atem wollte auch nicht so wie ich, mein Hals war garantiert knallrot. Egal, ich hatte es diesem Deppen gezeigt - und alle hatten es mitbekommen.

Ich guckte Flora an. „Was sagst du denn nun dazu, dass Trump dieses Syrische Waffenlager hat bombardieren lassen?"

Meine Freundin blickte mich fassungslos an, dann prustete sie los. Sie konnte überhaupt nicht wieder aufhören, während ich mich zufrieden in meinem Stuhl zurücklehnte. Carlas Gesicht hatte sich zu einer einzigen Zahnlücke verwandelt. Ich war froh, dass ich zwei so tolle Freundinnen hatte. Sie lachten meine Verlegenheit einfach weg. Und ich fühlte mich wie Superwoman.

Mein Herzschlag hatte sich wieder beruhigt und Flora und Carla ließen mich mit weiteren Vermutungen über den Deppen am Nachbartisch in Ruhe, als sich jemand zu uns setzte. Er winkte verlegen in Floras und meine Richtung und wandte sich an Carla.

„Ich kann kopier dein Orchesternot? Mein ich hab vergessen."

„Wie immer." Carla sah uns an. „Das ist Liam, der Gott des Vergessens."

Er wuschelte sich verlegen durchs Haar, was ich irgendwie süß fand.

„Dies Not blöd sind nie, wo ich kann finden", versuchte er sich zu rechtfertigen. Er hatte einen britischen Akzent. „Du bist neu auf der Schule, oder?", sagte Flora, während ich mich fragte, ob Liam eher zu Lager eins oder zu Lager zwei zählte. Er hatte rötliche Locken, sehr helle Haut und Sommersprossen. Vielleicht war er Ire oder Schotte. Er war der Typ, den man erst auf den zweiten Blick attraktiv findet.

„Ja, Austauschschüler."

Sehr gesprächig war er allerdings nicht.

„Er spielt super Gitarre", meinte Carla und Liam wirkte verlegen.

„Oh no", murmelte er. Dann schnappte er sich Carlas Noten und weg war er.

„Der ist ja süß." Flora grinste.

„Das sagst du ihm besser nicht, der fällt nämlich glatt tot um."

„So schlimm?"

„Schlimmer, der ist unfassbar schüchtern", entgegnete Carla, „was man von den anderen Typen unserer Schule ja nicht gerade behaupten kann. Die halten sich alle für eine Mischung aus Adonis und Gott. Mindestens."

Wir quatschten noch ein bisschen und zehn Minuten später war Liam wieder da, um Carla die Noten zurückzugeben.

„Setz dich doch noch ein bisschen zu uns, die Probe beginnt erst in einer halben Stunde."

Liam zögerte.

Ich sah es hinter seiner Stirn arbeiten. Soll ich? Soll ich nicht? Dann setzte er sich, sagte aber nicht.

Carla stupste ihn an. „Wir sind ganz harmlose Mädchen, du musst dich nicht vor uns fürchten." Zahnlückengrinsen.

Liam rückte sofort von ihr ab. „Warum?", stammelte er verlegen, „ich … warum ich soll … mich vor dir … ähm … euch … Ihnen … fürchtet?"

„War nur ein Scherz, Liam, entspann dich." Carla lehnte sich zurück und trank einen Schluck Cola.

Ich fragte mich, ob sie auf Liam stand, konnte es mir aber nicht wirklich vorstellen. So ein zurückhaltender Junge war mir schon lange nicht mehr begegnet. Ich schaute ihn an. „Wie lange wirst du denn bleiben?"

„In Germany?", fragte er zurück.

„Yep."

„Bis Ende der Schuljahr."

„Also noch ein halbes Jahr."

Er nickte nur.

„Und wo wohnst du?"

Bestimmt in einer Gastfamilie.

Liam druckste ein bisschen rum, dann deutete er auf den Tisch, an dem der Depp saß, dem ich Nachhilfe gab.

„Oh mein Gott, bei diesem Idioten?", entfuhr es mir.

Liam guckte mich erschrocken an.

„Ich meine, bei Hannes? Also, bei seiner Familie?"

Er schüttelte den Kopf. „Bei Daniel." Es klang nicht so, als würde ihn das sonderlich freuen. Konnte ich gut verstehen.

„Und wie gefällt es dir da?"

„Okay." Er schaute zu Boden.

Carla rettete Mister Oberschüchtern aus meinem Verhör. „Komm, Liam, wir gehen in den Orchesterraum. Da stinkt es vermutlich wieder wie die Pest. Wir können noch ein bisschen lüften, bevor die Probe beginnt." Sie stand auf und schnappte sich ihren Geigenkasten.

Liam stand ebenfalls auf. „Ich muss Guitar hole, ist in Klassenzimmer, komme schnell in der Orchesterraum", meinte er und war weg.

Carla grinste zu Flora und mir runter. „Ich glaube, den müssen wir unter unsere großen, starken Mädchenflügel nehmen, damit er nicht von der bösen, bösen Welt weggepustet wird." Wir sahen beide zu ihr hoch und nickten. Es fühlte sich fast etwas feierlich an.

Ich hatte eine Stunde Geschichte, die ich zusammen mit Flora absaß, danach ging ich zu den Fahrradständern, wo ich meinen Roller geparkt hatte. Direkt neben der Vespa stand Hannes lässig an die Wand gelehnt und wartete ganz offensichtlich auf mich. Zu meinem großen Ärger begann mein Herz zu poltern. Sein Anblick nahm mir fast den Atem. Die Haare zerzaust, wild funkelnde Augen, mit denen er mich ansah. Wenn ich jetzt mein Handy rausholen würde, um ein Foto von ihm zu schießen und es an die Vogue zu schicken, sie würden es drucken.

Was würde jetzt kommen? Rache für meinen Auftritt in der Mensa?

Ich tat so, als wäre er Luft und fummelte mit zittrigen Fingern an dem Schloss der Vespa herum.

„Was ist eigentlich dein Problem, Maryam Landmann?" Er klang sauer.

Ich richtete mich langsam auf und streckte den Rücken durch. „Ich habe absolut kein Problem, Hannes Westphal."

Er blickte mich ernst an. „Ich hatte dich gebeten, mir in Mathe zu helfen. Du hast eingewilligt. Warum dann dieser Auftritt in der Mensa?"

„Welchen Auftritt meinst du, dein dämliches Grinsen die ganze Zeit?"

„Ich habe nicht gegrinst, ich habe gelächelt. Ich wollte freundlich sein. Aber Freundlichkeit scheint es in deiner Welt offensichtlich nicht zu geben."

Ich schnappte nach Luft. „Das ist ja wohl eine dezent verdrehte Sicht der Dinge."

War es das wirklich? Hatte ich die Situation in der Mensa falsch eingeschätzt? Tat ich ihm Unrecht?

„Ach Maryam." Es kam mir vor, als läge eine Spur Trauer in seinen Augen.

Und dann passierte es. Sein Blick zerlegte mich in all meine Bestandteile. Ich konnte überhaupt nichts dagegen tun. Ich stand da, erwiderte den Blick und wurde zu etwas Flüssigem. Einem See, einem Meer, einer Wellenwand, die auf und nieder ging. Obwohl es sich anfühlte, als würde ich jeden Moment in Ohnmacht fallen, blieb ich einfach stehen. Wie es wohl wäre, ihn zu küssen? Bei diesem Gedanken erinnerte etwas sehr Gemeines mich daran, dass ich Maryam Landmann war. Lager drei! Ich riss mich von seinem Blick los und schloss meinen Roller auf. „Ich habe keine Ahnung, was für ein absurdes Spiel du hier spielst, aber such dir bitte jemand anderen dafür", sagte ich mit bebender Stimme. Ganz cool Mädchen, der will nur spielen!

Er blieb einfach schweigend stehen und schaute mir dabei zu, wie ich den Helm aufsetzte und mich damit abmühte, meinen Roller zu starten. Als der Motor endlich ansprang und ich den ersten Gang einlegte, hörte ich ihn noch etwas sagen. Gedämpft durch den Helm verstand ich trotzdem jedes Wort.

„Vielleicht ist das ja gar kein Spiel."

Dann fuhr ich davon. Verwirrt. Völlig verwirrt.

Schwestern im Gefühlschaos

Ich lag auf meinem Bett. In mir wüteten diverse Gefühle, die sich nicht einigen konnten, welches von ihnen die Oberhand gewinnen sollte. Die Verwirrung hob ganz entschieden die Hand und schnippte mit den Fingern. Was war das vorhin gewesen? Dieser Blick von ihm? Wollte er mich verarschen? Mochte er mich vielleicht wirklich? In meinem Kopf tobte ein Sturm.

Es klopfte dreimal, das war Lena. Nur sie klopfte so. Ich antwortete nicht. Meine Gedanken wollten noch eine Weile Drachen steigen lassen.

Es klopfte wieder. „Mary, kann ich mal reinkommen?"

„Jaha." Der Drachen segelte zu Boden.

Sie kam rein und setzte sich auf meine Bettkante.

„Kann ich dich mal was fragen?"

„Klar."

Sie knibbelte an ihren Fingernägeln rum. „Es geht um einen Jungen."

Willkommen im Club!, dachte ich.

„Was denn für einen Jungen?"

„Er geht in meine Klasse." Lena betrachtete ihre Fingernägel. Sie sah süß aus in ihrem knappen Top und den verwaschenen Jeans. Ihre Fußnägel waren in unterschiedlichen Farben lackiert. Im Gegensatz zu mir hatte sie einen Busen, obwohl sie erst vierzehn war. Naja, fast fünfzehn.

An ihren Fingernägeln schien sich etwas sehr Interessantes abzuspielen.

„Er geht also in deine Klasse", ermunterte ich sie.

„Ja."

„Und?"

„Und ich hab mich in ihn verknallt, obwohl er der hinterletzte Idiot ist", platzte es aus ihr heraus.

Spricht sie wirklich von sich oder kann sie in meinen Kopf gucken?

„Warum ist er deiner Meinung nach ein Idiot?"

„Du weißt doch, wie die Typen sind."

Wusste ich das?

„Wie denn?"

„Idiotisch." Sie blickte mich an. „Er benimmt sich wie ein Kind."

„Aha."

„Was willst du damit sagen?"

„Naja, wenn du dich in ihn verknallt hast, kann er ja nicht nur idiotisch sein, oder?"

Doch, konnte er! Ich kannte selbst so ein Exemplar!

„Er sieht toll aus."

Sie redet über mich! Besser, über ihn! Hannes!

„Sag mal, Lena, worüber reden wir hier eigentlich?"

„Na, über idiotische, aber leider gutaussehende Typen und Mädchenhormone."

Ich musste lachen. „Seit wann bist du in ihn verknallt?"

„Seit drei Stunden." Etwas Schalkhaftes leuchtete in ihren Augen.

„Was?", fragte ich leicht perplex.

„Vor drei Stunden hat er mir zugezwinkert und irgendwas in mir hat den Verstand verloren. Und nun finde ich ihn nicht wieder. Also, den Verstand."

Ich musste wieder lachen. Vor ungefähr drei Stunden hatte Hannes mir in die Augen gesehen. Konnte das Zufall sein? „Und wie heißt dein Angebeteter?"

„Anbeten tue ich den ganz sicher nicht. Er heißt Luca."

Ich war erleichtert, dass er nicht Hannes hieß, was ziemlich albern war. „Und was genau ist deine Frage an mich?"

„Na, was ich jetzt machen soll?"

Meine kleine Schwester will von mir einen Tipp bezüglich Jungs? Ich hatte ja selber keine Ahnung!

„Was willst du denn machen?"

„Am liebsten würde ich ihn anrufen und mich mit ihm verabreden."

„Mach es."

„Spinnst du? Ich ruf den nicht an!"

„Warum nicht, wenn du es doch willst?"

„Der hat mir nur einmal zugezwinkert."

„Na und?"

„Mary! Ich kann den nicht anrufen!"

Vielleicht hatte sie recht, was wusste ich schon?

Mein Handy gab ein Signal, ich schaute kurz drauf. Eine Nachricht von Hannes. Ich legte das Handy aus der Hand, als würde es jeden Moment explodieren.

„Was ist denn?" Lena schaute auf mein Handy.

„Ach nichts."

„Wer hat dir geschrieben?", fragte sie so nebensächlich wie möglich.

„Carla."

„Und warum glaube ich dir nicht?" Sie grinste, ihre Augen funkelten vor Neugierde.

„Mir egal, ob du mir glaubst. Also, rufst du ihn an oder nicht?"

„Mary, sag deiner kleinen Schwester sofort, wer dir eine Nachricht geschrieben hat."

„Hannes."

„Und wer ist das?"

„Ein Idiot aus meiner Schule."

Eine Sekunde sah sie mich erstaunt an, dann brachen wir beide in schrilles Gekicher aus, für das ich mich schon schämte, während ich mir noch den Bauch hielt vor Lachen.

„Und wer ist dieser Hannes?", fragte Lena, nachdem wir uns wieder eingekriegt hatten.

„Ein Idiot aus meiner Schule."

Sie stupste mich an.

„Ein ziemlich gut aussehender Idiot aus meiner Schule."

„Und was will er?"

„Ich habe die Nachricht nicht gelesen."

„Dann lies sie!"

„Das, meine liebe Lena, werde ich tun, sobald du mein Zimmer verlassen hast. Und jetzt sollten wir klären, was du in Sachen Luca zu tun gedenkst."

„In Sachen Luca." Sie legte den Kopf schief, so dass ihr ihre blonden Haare über die Augen fielen.

„Ich glaube, ich werde in Sachen Luca nichts tun und abwarten, was morgen in der Schule passiert."

„Klingt vernünftig", antwortete ich, weil ich sie schnell aus dem Zimmer haben wollte. Sie machte keine Anstalten zu gehen, sondern starrte mein Handy an. Das Display war dunkel.

Dann kann ich ja jetzt mein Zimmer wieder für mich haben, oder?"

„Willst du nicht endlich die Nachricht lesen?"

„Raus!" Ich schob sie sanft mit dem Fuß vom Bett.

„Okay, okay, aber irgendwann musst du mir alles erzählen."

„Da gibt es nichts zu erzählen."

Lena lächelte ihr unschuldigstes Welpenlächeln und weg war sie.

Sofort schnappte ich mir das Handy.

Hi, ich wollte fragen, ob du mir noch Nachhilfe geben willst? Oder ist das gecancelt?

Hatte ich es gecancelt? Eigentlich ja. Andererseits wusste ich einfach nicht, woran ich mit diesem Typen war, und das machte mich wahnsinnig. Ich überlegte eine Weile, bevor ich antwortete. *Nächsten Mittwoch um drei in der Mensa.*

Er schickte ein Smiley.

Warum ich Jungs nicht verstehe und niemals verstehen werde

Wie bei unserer ersten Nachhilfestunde saß er bereits an einem der verkratzten Tische in der Mensa. Ein leichter Bratengeruch lag in der Luft. Die letzten Tage hatte ich ihn nur von weitem gesehen. Es war mir so vorgekommen, als machte er einen Bogen um mich.

Jetzt knallte ich meine Tasche auf den Boden, setzte mich, lehnte mich zurück und blickte ihm in die Augen. Er erwiderte meinen Blick, etwas flackerte unsicher in seiner Iris. Wir sagten keinen Ton, maßen uns mit Blicken. Ich kam mir vor wie in einem Western. Maryam Landmann und Hannes Westphal kurz vor dem Duell, das einer von beiden nicht überleben würde. Ich hatte das Gefühl, seine Unsicherheit mit Händen fassen zu können. Verbarg sich hinter der lässigen Fassade ein unsicherer Junge? Kaum vorstellbar, dass ich mich so in ihm getäuscht hatte. Aber was wusste ich schon von Jungs?

Genau wie beim letzten Mal verfolgte die komplette Mensa unser Treiben. Für die anderen Schüler - zum Glück waren es nicht viele - mussten wir ein groteskes Bild abgeben. Ich sah mich um. Daniel saß an einem entfernten Tisch und tat, als würde ihn nicht die Bohne interessieren, was sich in der Mensa tat.

„Ich würde vorschlagen, wir fangen an", sagte ich in dem Ton einer Lehrerin, die einen ungehorsamen

Schüler tadelte. Dann schob ich ihm eine Aufgabe hin, die ich morgens schnell rausgesucht hatte.

Hannes blickte kurz auf das Blatt, dann sah er mich an.

„Was ist?"

„Wir haben in drei Wochen die nächste Matheklausur. Wenn ich die vergeige, stehe ich auf der Kippe."

„Na, vergeig sie halt nicht."

„Das ist mein Plan. Aber der funktioniert nur mit dir."

„Nichts funktioniert nur mit mir."

„Ehrlich, ich bin echt froh, dass du mir hilfst, Maryam."

Nach dem kurzen Wortwechsel hatte sich die merkwürdige Stimmung zwischen uns etwas gelockert. Wir machten uns an die Arbeit und ich merkte bald, dass etwas nicht stimmte. Absolut nicht stimmte, um es genau zu sagen. Hannes verstand alles, was ich ihm erklären wollte, sofort. Ich schaute mir die Aufgabe an, die er gerade gerechnet hatte. Es war eine aus unserer letzten Klausur. Hannes hatte damals nur vier Punkte bekommen. „Du hast die komplette, verschissene Rechnung richtig."

Er lächelte und zwinkerte mir zu. Ich versuchte, mich davon nicht beirren zu lassen und blickte ihn kühl an. Verlegen zuckte er mit den Schultern.

Ich hob beide Innenflächen meiner Hände nach oben und blickte ihm in die Augen. „Warum?"

„Ähm, ich habe ein bisschen geübt."

„Man übt nicht ein bisschen und dann hat man es plötzlich drauf."

Wieder ein Schulterzucken.

Und dann verstand ich. „Du hast die Lösung auswendig gelernt?"

Schulterzucken.

„Und woher wusstest du, dass ich dir ausgerechnet diese Aufgabe stellen würde?"

„Naja, das lag irgendwie nahe, oder?"

„Warum lag das nahe?"

Er grinste schief. „Sei doch nicht immer so hart zu mir, Maryam."

Ich sah ihn schweigend an und wartete ab.

„Ich habe mir einfach gedacht, dass du die letzte Klausur noch mal hochholen würdest."

„Dein Problem ist dir aber schon klar, oder?"

„Problem?"

Ich machte ein verzweifeltes Gesicht und beugte mich vor. „In meiner Glaskugel kann ich fast jedes kommende Ereignis vorhersehen", sagte ich leise, dann machte ich eine bedeutsame Pause, während ich das Fragezeichen beobachtete, dass sich auf Hannes Stirn bildete. „Allerdings hat diese blöde Glaskugel ein Problem. Die zukünftigen Matheaufgaben bekommt sie einfach nicht heraus, obwohl ich sie deshalb schon mehrfach auf dem OP-Tisch hatte."

Hannes blickte mich einen kurzen Moment verwirrt an, dann lachte er laut los. Natürlich sahen alle zu uns rüber. „Oh Mann, Maryam Landmann, du bist wirklich einen Granate."

„Bitte?"

Hannes schaute mir in die Augen, und es fühlte sich ein bisschen an, wie letzte Woche beim

Fahrradständer. „Du bist eine Granate – und das darfst du ruhig als Kompliment verstehen, denn genauso ist es gemeint." Er schnappte sich seine Unterlagen und stopfte sie achtlos in die Tasche.

Ich wollte etwas erwidern. Dass ich militärische Vergleiche hasse, zum Beispiel. Aber ich blieb stumm. Hannes stand auf, ging um den Tisch herum und beugte sich tief zu mir runter. Als erstes nahm ich seinen Geruch war, einen leichten Hauch von … ja, was eigentlich? Moos? Wald? Er kam mir sehr nah und mein Puls begann zu rasen. Ich spürte seinen Atem an meiner Wange, seine Lippen an meinem Ohr. Er flüsterte etwas. Die komplette Mensa stellte die Antennen auf. Er sprach so leise, dass nicht einmal ich es verstehen konnte. Das war aber auch gar nicht wichtig. Etwas ganz anderes war wichtig. Er hatte mein Ohr geküsst. Es war ein echter Kuss gewesen.

Wie erstarrt blieb ich sitzen, während er sich lähmend langsam aufrichtete. Ich hielt den Blick gesenkt, wobei ich mir ziemlich dämlich vorkam. Also schaute ich ihn fragend an. Er lächelte, zwinkerte mir zu und ging. Alle – und wenn ich alle sage, dann meine ich alle – starrten zu mir rüber. Sogar Daniel. Ich wusste nicht, was ich tun sollte. Also tat ich nichts. Saß einfach da und starrte auf die Matheaufgabe, die sauber gelöst vor mir lag. Langsam begannen die Leute wieder zu reden. Offensichtlich war der Anblick einer erstarrten Lager-Drei-Trulla doch nicht so spannend. Ich starrte auf das Blatt, das vor mir lag. Und dann sah ich es. Hannes hatte etwas an den Rand gekritzelt.

Ich konnte es nicht lesen, weil es erstens zu klein und zweitens auf dem Kopf stand. Mit zitternden Fingern nahm ich das Blatt und drehte es um. Seine Schrift war unregelmäßig und wirkte kindlich. Sie passte nicht zu ihm. Das, was er geschrieben hatte, erst recht nicht. Ich las es noch einmal. Und verstand - nichts. Es gab einfach niemanden, der das, was ich las, an die für die Bewertung von Nachrichten zuständigen Areale meines Gehirns weiterleitete. Deshalb steckte ich den Zettel einfach ein, stand auf und verließ die Mensa. Ich hoffte inständig, dass mir Hannes auf dem Weg zu meinem Roller nicht mehr über den Weg laufen würde. Das Schicksal hatte ein Einsehen. Ich war alleine auf dem Schulhof. Auch als ich den Roller aufschloss, mir den Helm aufsetzte und startete, blieb alles ruhig. Ich machte mich auf den Weg nach Hause. Der Sturm in meinem Kopf ließ wie irre Drachen durch die Luft sausen.

Als ich zu Hause ankam, ging ich sofort in mein Zimmer, schnappte mir das Handy und schickte Carla und Flora eine Nachricht. Danach schmiss ich mich aufs Bett. Ich musste unbedingt nachdenken, und zwar gründlich. Ich kam aber gar nicht zum Nachdenken, denn es klopfte.

NICHT JETZT!

„Mary, kann ich reinkommen?"

„Nein."

Die Tür ging auf und Lena steckte ihren Kopf herein. „Ich muss unbedingt mit dir quatschen."

„Lena, hat das nicht Zeit?"

„Nein, hat es nicht." Sie warf die Tür ins Schloss und fläzte sich ungebeten auf mein Bett, das mit mir eigentlich schon gut belegt war. Ich setzte mich auf und sah sie mit gespielter Verzweiflung an.

„Er hat mir geschrieben", platzte sie heraus. Ihre Augen funkelten vor Aufregung.

„Hä? Wer hat dir geschrieben?"

„Er."

„Lena!"

„Na, der Vollidiot aus meiner Schule."

Ich überlegte einen Moment. „Dieser … ähm … wie hieß er noch gleich?"

„Genau, dieser … wie hieß er noch gleich … Luca." Sie wippte aufgeregt auf meinem Bett auf und ab und mir wurde schwindelig.

„Nun halt doch mal still!"

„Kann ich nicht." Sie wippte weiter.

Ich stand auf und setzte mich auf meinen Schreibtischstuhl. Dann schaute ich meine kleine Schwester an, die vor Aufregung glühte. „Und was hat er geschrieben?"

„Er will was mit mir machen. So hat er das echt geschrieben." Ihr Hals war knallrot, die Finger zitterten ein bisschen.

„Und? Willst du auch *was mit ihm machen?*" Ich konnte mir ein breites Grinsen nicht verkneifen.

Lena erstarrte. „DAS meine ich nicht", stotterte sie, „also, DAS meinte er nicht."

„Was?"

„Das weißt du genau, Maryam! Hör auf, mich zu ärgern. Ich brauche einen Rat."

„Von mir?"

„Von wem sonst?"

„Hast du mal mit Mama …"

„Mary!"

„Okay, okay, was für einen Rat soll dir deine männerverstehende große Schwester denn geben?"

„Na, was ich jetzt machen soll?"

„Die Frage kommt mir irgendwie bekannt vor und wenn mein geniales Gehirn mich nicht ganz und gar im Stich lässt, hatte ich dir geraten, das zu tun, was du tun willst."

„Ich weiß aber nicht, was ich tun will", seufzte Lena theatralisch und warf die Hände in die Luft wie eine alternde Operndiva.

Ich versuchte, das Ganze strategisch anzugehen, vielleicht würde mir das ja in meinem eigenen Gefühlschaos weiterhelfen. „Gut, gehen wir es systematisch an." Lena sah mich erwartungsvoll an. „Was spricht dafür, dass du *etwas mit ihm machst?*" Ich konnte es nicht aussprechen, ohne dass sich ein dümmliches Grinsen in mein Gesicht mogelte.

Lena wurde rot. „Na ja", sagte sie nach einer Weile, „er sieht gut aus und ist …"

„Ist was?"

„Sexy?"

Ich überlegte kurz, ob ich mit vierzehn auch schon Jungs sexy gefunden hatte.

„Okay, und was spricht dagegen?"

„Wogegen?"

„Na, dagegen, dass ihr was zusammen macht."

Lenas Mund öffnete sich erstaunt. „Das liegt ja wohl auf der Hand."

„Hä? Warum?"

„Der Typ ist ein Idiot, Mary!"

Ich musste lachen. „Und woher weißt du das so genau?"

„Alle Typen in meiner Schule sind Idioten", sagte sie aus vollster Überzeugung.

Ich seufzte. „Na, dann ist doch alles klar."

„Was soll denn klar sein, verdammt?" Wieder dieses theatralische Armeheben.

„Wenn du ihn idiotisch findest, dann triff dich halt nicht mit ihm."

„Aber er ist sexy." Lena legte die ganze Dramatik einer pubertierenden kleinen Schwester in ihre Stimme. Ich hatte keine Ahnung, was ich ihr raten konnte. Ich wusste ja noch nicht mal, was ich mir selbst raten sollte.

„Weißt du was, Lena?"

„Was?" Sie sah mich voller Hoffnung an.

„Ich würde es einfach tun. Und wenn sich rausstellt, dass er wirklich ein Idiot ist, dann schickst du ihn ganz schnell wieder in die Wüste."

„Ist das dein Ernst?"

„Einen besseren Rat habe ich leider nicht, Süße."

Lena blieb noch eine Weile auf meinem Bett sitzen, hüpfte sachte hoch und runter und schien zu überlegen. „Okay, dann treffe ich mich mit ihm?" Es war eine Frage.

Ich nickte ihr aufmunternd zu und hoffte, ihr nicht den falschen Rat gegeben zu haben.

Sie ging zögernd zur Tür.

„Lena."

Meine Schwester drehte sich um und blickte mich fragend an.

„Sag mir Bescheid, wenn du dich mit ihm triffst. Ich will wissen, wohin ihr geht und ich will, dass du dein Handy dabeihast, klar?"

Sie nickte etwas beklommen.

Meine kleine Schwester hatte ihr erstes Date.

Sobald Lena draußen war, holte ich den Mathezettel aus der Tasche, schmiss mich zurück aufs Bett, und las die ominöse Nachricht, die Hannes auf den Rand gekritzelt hatte. Mein Handy gab ein Signal. Sofort begann mein bescheuertes Herz zu rasen. Ich sah auf das Display, eine Nachricht von Carla, sie würde gleich da sein. Erleichtert stand ich auf, versteckte den Zettel in einem meiner Bücher und ging runter, um meiner Freundin die Tür zu öffnen.

Mein erstes Date

Was, verdammt nochmal, tat ich hier eigentlich? Von einer Sekunde auf die nächste fielen mir tausend Gründe für sofortige Flucht ein:
- Alle würden mich anstarren und sich fragen, was zum Teufel ich hier zu suchen hatte
- Alle würden über mich lachen
- ER würde über mich lachen
Aber dann hätte er mich doch nicht eingeladen, oder? Ich rief mir das Gespräch in Erinnerung, das ich mit Carla und Flora geführt hatte. Wie sie mich ermuntert hatte, es einfach zu tun. Genau wie ich meine Schwester kurze Zeit vorher.
„Was ist denn dabei?", hatte Carla gefragt und mich mit ihrer Zahnlücke hypnotisiert.
„Sehe ich auch so." Flora hatte zustimmend genickt, dann gezwinkert und nachgelegt: „Hey, der heißeste Typ der Schule hat dich um ein Date gebeten."
„Ein Date ist das ganz sicher nicht!"
„Was denn sonst?"
Irgendwann hatte ich einfach keinen Grund mehr gefunden, nicht zu gehen.
Und nun stand ich vor seinem Haus. Hannes Haus. Besser gesagt, dem Haus seiner Eltern. Warum hatte er mich eingeladen? Zu einer *Party mit ein paar Freunden?*
Ich fand zu keiner Antwort, während ich den Klingelknopf anstarrte wie bescheuert.
Als ich das Schild neben der Klingel auswendig gelernt hatte, was nicht schwer war, da stand

lediglich ein Name, atmete ich einmal tief ein und drückte den Klingelknopf. Der Gong, der innen ertönte, ließ mich in Sekunden zu einem verschreckten Kaninchen mutieren. Mein Puls raste. Als ich Schritte hinter der Tür hörte, holte ich schnell noch einmal tief Luft, atmete aus und setzte ein gelassenes Gesicht auf. Ich bezweifelte allerdings stark, dass mir das gelang.

Mit einem heftigen Stoß wurde die Tür aufgerissen und ich sah mich einem Mädchen gegenüber, das so umwerfend gut ausschaute, dass ich mich augenblicklich in eine Nacktschnecke verwandelte. Eben noch Kaninchen und nun – zack – Nacktschnecke. Die allerdings nicht nackt, sondern mit den uncoolsten Klamotten der Welt zugehängt war.

Was tat ich hier? Ich gehörte hier nicht her! Wohin konnte ich fliehen?

„Hey, du bist Maryam, oder?" Das Mädchen reichte mir die Hand.

„Ähm, ja, das bin ich wohl." Ich nahm ihre Hand, die angenehm warm und trocken war. Aus den Augenwinkeln erkannte ich ihre falschen Fingernägel, die nicht billig aussahen. Obwohl ich falsche Fingernägel eigentlich immer billig fand.

„Freut mich, toller Name."

Wer war dieses Mädchen?

„Ich bin Sammy, eigentlich Samantha, aber wer will bitte so heißen?", sagte sie, „Hannes große Schwester." Sie wurde mir sofort sympathisch. Nur seine Schwester!

„Ja, dann danke für die Einladung", stotterte ich und erst jetzt fiel mir ein, dass ich vielleicht ein Gastgeschenk hätte dabeihaben sollen. Blumen? Pralinen? Alkohol? Joints? Woher sollte ich das wissen? Hinter uns bewegte sich etwas und noch bevor ich ihn sah, wusste ich, dass Hannes durch den Flur kam. Sammy ging ein bisschen zur Seite und er strahlte mich an. „Da bist du ja, wie schön, komm doch rein." Er nahm mich vorsichtig in den Arm und hauchte etwas an meine Wange. Ich roch eine leichte Bierfahne. Sofort versteifte ich mich. Hannes schien es nicht zu bemerken, fasste mich am Ellenbogen und schob mich durch den Flur wie einen Roboter. Ich machte mich los. „Danke, ich bin zur selbstständigen Fortbewegung in der Lage, stell dir vor."

Er schaute mich an, dann schüttelte er mit einem spöttischen Lächeln den Kopf. „Gnadenlos wie immer, meine Maryam."

Hatte er gerade *meine* gesagt? Im Sinne von *meine Freundin*?

Ich schüttelte den Gedanken ab und scannte die Umgebung. Der Flur war sehr breit. Eine elegante Kommode stand an der einen Wand, eine Garderobe hing an der anderen. Ansonsten war da nichts. Nirgendwo lagen Schuhe rum, keine Schlüssel, Taschen, Handys. Alles clean. Ganz anders als bei uns. Es hing ein angenehmer Geruch in der Luft, frisch und blumig. Am Ende des Flurs befand sich eine offene Tür, die den Blick in ein überdimensionales Wohnzimmer und auf eine noch überdimensionalere Terrasse freigab. Dort standen jede Menge Typen rum, die ich aus der Schule kannte. Und sie mich. Ich versteifte mich noch mehr und ging mit unsicheren Schritten Hannes hinterher nach draußen. Aus einem Lautsprecher, den jemand von innen auf das offene Fensterbrett gestellt hatte, erklang Musik. Ein amerikanischer Songwriter, dessen Name mir gerade nicht einfiel, klagte mit wimmerndem Timbre über die schlechte Welt im Allgemeinen und seine verlorene Liebe im Speziellen. Die Leute begrüßten mich entweder gar nicht oder mit provozierendem Desinteresse. Aber vielleicht bildete ich mir das auch ein. Nur eine sah herausfordernd zu mir rüber. Tittenkönigin Tamara. OH MEIN GOTT!

Sie hatte aufreizend wenig an und sah unfassbar nuttig aus. Ich musterte die anderen Mädchen. Die meisten waren ziemlich aufgebrezelt. Viele trugen knappe Shorts und enge T-Shirts. Die Jungs machten auf cool.

Das hier war definitiv nicht meine Welt! Ich straffte meine Schultern und blickte meinem Gastgeber fest in die Augen. „Tut mir leid, Hannes, aber es gibt mehrere Gründe, die mich dazu zwingen, diesen schönen Ort sofort wieder zu verlassen", sagte ich so cool wie möglich und hob die Schultern zu einer halbherzigen Entschuldigung.

„Was? Du bist doch gerade erst gekommen. Was denn für Gründe?", fragte er überrascht.

Ich zuckte wieder mit den Schultern. „Erstens: Ich habe das Gastgeschenk vergessen."

Hannes sah mich verwirrt an. „Was denn für ein Gastgeschenk?"

„Na, ein Blumenbouquet, Schnaps, einen Geschenkkorb, harte Drogen, etwas in der Art eben."

Nach einem kurzen Zögern lachte er laut auf. „Maryam Landmann, die Granate."

„Zweitens: Ich hasse es, mit einer Waffe verglichen zu werden!"

Er grinste breit und strich mir sanft über den Oberarm. Alle Augen waren sofort auf uns gerichtet. Und dann war da noch die Tatsache, dass seine Berührung einen wohligen Schauer in mir auslöste. Alles nur Chemie!

„Und wenn ich dich richtig verstanden habe", sagte Hannes und machte eine kleine Pause, in der er den Kopf leicht schräg legte, „dann gibt es noch einen dritten Grund."

Ich versuchte ihn ernst anzusehen, konnte aber ein Grinsen nicht ganz unterdrücken. „Grund Nummer drei ist der eigentliche - und damit wichtigste - Grund."

Hannes schaute mich fragend an.

Ich nickte in Richtung Tittenkönigin, die sofort alle Antennen aufstellte.

„Tammy?", fragte er überrascht.

„Du kannst mir glauben, dass ich gegen diese Phobie ankämpfe, bislang allerdings erfolglos."

„Phobie?"

„Ich vermute einen Gendefekt. Also bei mir. Sobald ich solche Mädchen - ich nickte in Richtung *Tammy* - sehe, bekomme ich Panik. Es gibt dafür noch keinen Namen, weil das Phänomen gänzlich unerforscht ist. Ich nenne es *akute Gehirnschwund-*

angst. Ich weiß, dass es nur Einbildung ist, aber ich kann nichts dagegen tun. Die Tammys dieser Welt verkleinern mir meine Gehirn-funktionen, sobald sie in meine Nähe kommen."

Hannes sah mich verständnislos an.

Die Tittenkönigin kam auf uns zu. „Redet ihr über mich?", fragte sie, ohne mich zu begrüßen.

Ich deutete auf das Sektglas, das sie in der Hand hielt. „Wir haben gerade darüber diskutiert, wie viele nicht vorhandene Gehirnzellen diese Nuttenbrause pro Glas vernichtet."

Tamara war verwirrt. „Hä?"

Ich blickte triumphierend zu Hannes. „Oh, doch so viele!"

Seine Mundwinkel zuckten, dann nahm er meine Hand und zog mich schnell mit sich fort. Ich spürte, dass sein ganzer Körper bebte. Er schaffte es kaum noch, einen Lachanfall zu unterdrücken.

Irgendwann waren wir um die Ecke des Hauses. Hannes prustete los, versuchte aber, die Lautstärke einzudämmen, indem er seinen Kopf in meinen Hals bohrte. Ich machte mich steif. Die Terrasse, auf der Hannes Freunde feierten, war nur ein paar Meter entfernt, aber niemand konnte uns sehen. Und sein Kopf lag auf meiner verdammten Schulter. Sein Mund berührte meinen Hals beinah. Mein Herz holperte und ruckelte in meiner Brust wie eine alte Dampflock, die nicht so recht in Fahrt kam. Ich wollte für immer so stehen bleiben. Stocksteif. Er seinen Kopf auf meiner Schulter.

Aber Hannes richtete sich auf und sah mir in die Augen.

Ich schaute in den Himmel, weil ich seinen Blick einfach nicht erwidern konnte. Ein erster Stern war zu sehen. Wie hieß der noch gleich, der immer als Erstes am Himmel stand? Abendstern? Nee, Venus, oder? Ich würde es später googeln. Warum war das jetzt überhaupt wichtig?

„Du kannst mich ruhig ansehen, Maryam", flüsterte er.

Ich blickte weiter stur in den Himmel. „Will ich aber nicht."

Ein leises Lachen. „Willst du doch."

„Nein."

„Doch."

Ich machte mich von ihm los. „Was, verdammt nochmal, geht hier gerade ab, Hannes Westphal?"

Er legte den Kopf schief. „Sag du es mir."

„Ich? Ich habe keine Ahnung!"

„Wirklich?" Er grinste mich frech an.

Ich würde auf der Stelle zurück auf die Terrasse gehen! Als ich mich von ihm abwandte, schnappte er sich meinen Arm und drehte mich zurück zu sich. Er sah mir in die Augen und ich konnte nichts anderes tun, als ihm ebenfalls in die Augen zu schauen.

Das konnte nicht wirklich passieren. So etwas geschah den Tittenköniginnen dieser Welt, nicht mir. Trotzdem ließ ich es geschehen, als er mich enger an sich zog und seine Lippen ganz sanft meinen Mund berührten. Meine Beine wurden zu Wackelpudding. Waldmeister, glaube ich. Hannes streifte nur einmal kurz mit seinem Mund den meinen, dann war es vorbei. Er strich mir sanft über die Wange und schaute mir in die Augen. „Lass uns zurück zu den anderen gehen." Seine Stimme klang fremd.

„Ich komme gleich nach", stotterte ich, drehte mich auf dem Absatz um und lief in die Dunkelheit des Gartens. Als ich so weit von der Terrasse entfernt war, dass die Musik nur noch leise zu hören war, lehnte ich mich an einen Baum und versuchte, mein Herz zu beruhigen. Es gelang nicht. Das dämliche Ding klopfte einfach bis zum Hals. Klopfte und klopfte.

Hannes Westphal hatte Maryam Landmann geküsst! Lager eins hatte Lager drei geküsst! Alles, wirklich alles in mir, war ein einziges Fragezeichen. Wollte der Typ mich verarschen? War das eine Wette, die er einlösen musste? Mochte er mich vielleicht wirklich? Ich entschied, dass nur Möglichkeit eins oder zwei in Betracht kamen. Und ich hatte absolut nicht vor, mich zur Idiotin dieser Party machen zu lassen. Mit festem Schritt ging ich zurück zur Terrasse. Vielleicht würden sie alle gleichzeitig zu lachen beginnen, wenn ich auftauchte. Oder Klatschen. Diesen Arschlöchern würde ich es zeigen! Hannes Westphal würde ich es zeigen! Das machte man nicht mit mir. Mit mir nicht!

Aber zu meiner großen Überraschung passierte nichts dergleichen. Die Leute standen mit ihren Gläsern in der Hand rum und quatschten. Ein paar Mädchen tanzten. Die Musik war jetzt ziemlich laut. Der Songwriter hatte seine Arbeit eingestellt, eine Hiphop-Band war jetzt am Start. Kerzen brannten und verströmten Zitronengeruch. Niemand nahm mich zur Kenntnis, als ich aus der Dunkelheit ins Licht trat. Die müssen doch realisiert haben, dass Hannes mich mit sich gezogen hatte, oder etwa nicht?

„Wo ist er denn?" Tittenkönigin Tamara stand wie aus dem Nichts neben mir. Ich zuckte zusammen, hatte aber nicht vor, meinen vibrierenden Nerven allzu viel Raum einzugestehen.

„Wo ist wer?"

„Hannes." Sie nuckelte immer noch an ihrer Nuttenbrause. Am Glasrand war ein pinker Lippenstiftabdruck zu sehen.

„Woher soll ich das wissen?"

„Aber du bist doch mit ihm … "

„Hat dir mein unhöflicher kleiner Bruder noch gar nichts zu trinken angeboten?" Sammy tauchte neben uns auf und rettete mich.

„Macht nichts, wirklich."

„Was möchtest du denn? Ich hol dir was." Sie lächelte mich an.

„Cola vielleicht?"

„Kommt sofort."

Tamara verzog sich wieder und ich schaute mich unbemerkt um, von Hannes weit und breit keine Spur.

„Du gibst Hannes also Nachhilfe", meinte Sammy, nachdem sie mir eine eiskalte Dose Cola in die Hand gedrückt hatte.

„Yep."

„Und er stellt sich natürlich an wie der hinterletzte Vollpfosten." Es war eine Feststellung. Sammy lächelte mich freundlich an. Sie sah unglaublich gut aus. Ein paar der Gene dieser Familie hätte ich gerne gehabt.

„Naja, geht schon", antwortete ich. Wo war der Typ, der mich vor einigen Minuten im Dunkeln geküsst hatte?

„Ich habe es auch versucht."

„Was hast du versucht?"

„Ihm Nachhilfe zu geben. Aber ich bin halt die blöde, große Schwester." Sie lachte.

„Was ist denn so komisch?" Ich spürte ihn direkt hinter mir. Mein Bauch fühlte sich augenblicklich an, als würde ein Lavastrom hindurchfließen. Ich konnte ihn unmöglich ansehen. Völlig ausgeschlossen. Hannes schien damit allerdings weniger Probleme zu haben und stellte sich direkt neben mich. Aus dem Augenwinkel konnte ich sehen, dass er ein frisches Glas Bier in der Hand hielt. Die Wand des Glases war beschlagen. Ich beobachtete voller Konzentration einen Wassertropfen, der das Glas hinablief.

„Ich habe Maryam gerade von meinen vergeblichen Versuchen erzählt, dir Mathe beizubringen." Sammy lächelte ihrem Bruder zu und ich sah in ihrem Blick, wie sehr sie ihn mochte.

„Na toll, das Thema passt ja super zu einer Party. Glaub ihr kein Wort, Maryam Landmann. Meine Schwester ist die geborene Lügnerin." Er stupste mir in die Seite. Sammy lachte und wandte sich ab.

Wir waren mal wieder allein. Verlegen schaute ich zu den anderen. Und dann entdeckte ich plötzlich Liam, er stand etwas abseits und wirkte ziemlich verloren. Was machte der denn hier?

„Du kennst Liam?", fragte ich Hannes, ohne ihn anzusehen.

„Klar, er ist der Gastbruder von Daniel." Stimmt, das hatte ich ganz vergessen. Ich fand es nett, dass Hannes ihn zu der Party eingeladen hatte.

„Ich sag ihm mal kurz Hallo." Als ich mich abwenden wollte, hielt Hannes mich am Arm fest.

„Habe ich dir irgendwas getan, dass du so frostig bist?"

Mich geküsst, dachte ich. „Nein, alles gut." Damit machte ich mich los und ließ ihn stehen. Nicht sehr souverän, aber was Besseres fiel mir nicht ein.

„Hey Liam."

Eschrocken sah er mich an, sein Blick hellte sich aber auf, als er mich erkannte.

„Hey, ähm … "

„Maryam."

„Hey Maryam. Nice name. Selten, oder?", stotterte er und wurde rot.

„Ja, selten." Wir schwiegen. Worüber könnte ich mich mit ihm unterhalten? Darüber, dass der heißeste Typ der Schule mich vor ein paar Minuten hinter das Haus gezerrt und geküsst hatte? Liam würde umfallen vor Scham. „Gefällt es dir hier?"

„Geht."

„Also nicht?"

Er zuckte mit den Schultern.

„Warum bist du dann da?"

„Hannes gesagte, dass ich muss kommen."

„Dass du kommen musst?"

„Unbedingt du musst komme, er hat gesagt."

Ich lachte. „Das war aber nicht als Befehl zu verstehen, Liam. Das sagt man nur so."

Er wirkte unglücklich.

„Bist du nicht gerne in Deutschland?", fragte ich etwas unvermittelt.

„Geht."

„Vielleicht solltest du alles einfach ein bisschen lockerer sehen? Wir sind hier schließlich auf einer Party." (Sagt die lockerste Person dieser Party, haha.) Er schaute kurz irritiert, dann lächelte er mich schüchtern an. „Vielleicht."

„Wollen wir uns irgendwo hinsetzen, wo es nicht so laut ist, und ein bisschen quatschen?"

Hinter seiner Stirn begann es zu arbeiten, genau wie vor ein paar Tagen in der Mensa.

„Okay", sagte er schließlich.

Wir suchten uns einen Platz in einer Ecke der Terrasse, schnappten uns zwei nicht sehr bequem aussehende Stühle – und schwiegen.

„Woher kommst du eigentlich?", fragte ich, als unser Schweigen peinlich wurde.

Ein Lächeln machte sich auf seinem Gesicht breit. „Kirkcaldy."

„Irland?", tippte ich.

„Scotland", sagte er stolz. „In die Nähe von Edinburgh."

„In der Nähe."

„In der Nähe", lächelte er.

„Du vermisst deine Leute, was?"

„Mein Leute?"

„Na, deine Eltern. Und vielleicht Geschwister, wenn du welche hast?"

Er nickte. „Ich haben two Schwester."

Ich verbesserte ihn nicht schon wieder, weil ich nicht wusste, ob ich ihn damit nerven würde. „Wie alt sind deine Schwestern?"

„Ein vierzehn, ein achtzehn."

„Und du in der Mitte", grinste ich.

Er sah mich fragend an.

„Wie alt bist du?"

„Sechzehn."

„Dann ist eine deiner Schwestern jünger als du und eine ist älter. Du bist in der Mitte."

„Ach so." Er lachte und entspannte sich ein bisschen. „Komisch Leut hier." Er nickte zu den Leuten auf der Tanzfläche.

„Na ja, die gleichen, mit denen du jeden Tag zur Schule gehst."

„Yes."

„Du findest die Deutschen komisch?"

„Alle, die kenn ich. Außer du."

„Außer dir." Ich konnte es nicht lassen.

„Und Carla."

„Du hast recht, die meisten Typen unserer Schule sind unterirdisch."

„Unterirdisch?" Er blickte mich fragend an, wobei er etwas die Nase kräuselte.

Ich überlegte, wie man das auf Englisch sagen würde. Underground? Wohl kaum. Ich versuchte es trotzdem.

„Underground?"

Er schaute verwirrt, dann lachte er. „Underground, great."

Ich wusste nicht, ob wir wirklich über das Gleiche lachten, aber ich stimmte ein. Ein paar Leute sahen zu uns rüber. Hannes zum Beispiel, der etwas gelangweilt schien.

„Daniel is very underground."

„Du wohnst nicht gerne bei ihm?"

„No." Sein Gesicht verdüsterte sich.

„So schlimm?"

Liam nickte nur.

„Warum ist es denn so schlimm?", fragte ich behutsam.

Er bekam feuchte Augen und blickte an mir vorbei, sagte aber nichts.

Puh, das musste ja wirklich schlimm sein. „Du kannst es

mir ruhig sagen."

Er blickte sich um, so als wolle er sich versichern, dass uns niemand zuhört. „Daniel is …", Liam suchte nach dem richtigen Wort, „bad."

„Bad? Wie meinst du das denn?"

„Er schlimm Sachen macht."

In mir begannen sämtliche Alarmglocken zu läuten. Wurde etwa ein Gastschüler unserer Schule gemobbt? „Was denn?"

Liam schwieg. Ich rückte etwas näher zu ihm und legte meine Hand auf sein Bein. „Du kannst offen mit mir reden, Liam. Vielleicht kann ich etwas tun."

„Was du kannst tun?" Er sah mich mit einem Blick an, der mir durch und durch ging. Er wirkte richtig verzweifelt. „Ich nach Haus will … but my parents … habe so vieles Geld …" Er sprach nicht weiter, kämpfte sichtlich mit der Fassung. „Daniel ist schlimmer Mensch von alle Welt." Sein Kopf hing ihm fast auf der Brust.

Ich überlegte einen Moment, dann wusste ich, was zu tun war.

„Warte hier einen Moment, Liam, ich bin in einer Minute zurück, okay?"

Er nickte beklommen.

Ich ging in den Flur, wo ich eine Toilette vermutete, Hannes sah mir mit hochgezogenen Augenbrauen nach. Ich musste warten bis die Toilette frei wurde und stand blöd im Flur rum.

„Na, findest du die Party auch so öde wie ich?" Wie hergezaubert stand Tobi neben mir.

Tobias Kramer: Schmal, blass, lachende Augen, blonde Locken, gut in der Schule. Lager zwei.

„Hä?" Ich blickte ihn verständnislos an.

Er grinste. „Das hier ist nicht unsere Welt, oder?"

„Was meinst du denn damit?"

Er wollte gerade etwas erwidern, da ging die Toilettentür auf. Ein Mädchen kam mit blassem Gesicht heraus und torkelte zur Terrasse. Tobi nickte in ihre Richtung. „Das meine ich damit."

„Aha, also dann." Ich wollte in der Toilette verschwinden, aber er hielt mich am Arm fest. Ich machte mich von ihm los und sah ihn fragend an.

„Sei vorsichtig, Maryam", sagte er mit erstem Gesicht.

„Vorsichtig?"

„Kann sein, dass die Schönheit, die gerade aus der Toilette kam, nur besoffen war. Kann aber auch sein, dass sie was Härteres bekommen hat."

„Komm schon, das ist hier eine ganz harmlose Party."

„Pass einfach auf dich auf, okay?"

In der Toilette roch es nach Erbrochenem. Ich machte das Fenster auf, setzte mich auf den runtergelassenen Toilettendeckel und dachte einen Moment nach. Was hatte der Spruch von Tobias zu bedeuten?

Ich entschied, später darüber nachzudenken. Jetzt gab es Wichtigeres. Also schnappte ich mir mein Handy und rief Carla an.

„Was geht ab?", fragte sie mich statt einer Begrüßung. Sie klang anzüglich.

„Carla, keine Scherze jetzt, es ist ernst."

„Was ist passiert?" Ich sah förmlich, wie sie sich allarmiert aufrichtete.

„Kannst du in einer halben Stunde bei mir sein?"

„Maryam, ist dir der Typ an die Wäsche gegangen, oder was ist los?"

„Der Typ hat damit nichts zu tun, es geht um Liam."

„Liam?"

„Der braucht jetzt unsere großen Mädchenflügel. Kannst du Flora anrufen? Sie soll auch kommen."

„Maryam, du sagst deiner besten Freundin jetzt sofort, was gerade abgeht!"

„Bis in einer halben Stunde." Ich legte auf, bevor sie noch etwas erwidern konnte.

Vor der Toilettentür erwartete mich Hannes. Als ich einfach an ihm vorbeigehen wollte, stellte er sich mir in den Weg. Er sagte nichts, blickte mich nur fragend an.

„Hör mal, es war wirklich total nett, dass du mich zu der Party eingeladen hast, aber ich muss jetzt leider gehen."

„Wegen des fehlenden Blumenbouquets?", fragte er mit Sarkasmus in der Stimme.

„Genau." Ich ging zurück zu Liam. Er sah auf, als ich mich wieder neben ihn setzte und meine Hand auf sein Bein legte. „Wir hauen jetzt hier ab, Liam."

„Was?", fragte er erschrocken.

„Diese ganzen *Undergrounds* können uns mal."

„Aber Daniel …" Er ließ den Satz unvollendet.

„Daniel kann uns auch mal."

„Er nicht aufmachen heut Nacht, wenn ich geh jetzt."

„Du hast keinen eigenen Schlüssel?", fragte ich erstaunt.

„Den hat Daniel genommen mich."

In mir begann es zu brodeln. Die Vorstellung, dass dieser arme Kerl, der völlig aufgelöst neben mir saß, auf Gedeih und Verderb diesem Fiesling Daniel ausgeliefert war, machte mich rasend. Ich nahm seine Hand und zog ihn hoch. „Wir gehen!"

Er ließ sich ohne erkennbare Gegenwehr von mir durch die Menschenmenge zum Ausgang ziehen. Ziemlich viele Leute sahen uns hinterher. Allen voran Hannes und Daniel. Ich machte mich noch größer, als ich ohnehin war, und stampfte zu allem entschlossen durch den Flur zur Haustür.

Maryam Landmann, die Amazone.

Mädchenflügel

Dreißig Minuten später saßen wir in meinem Zimmer. Ich hatte Kakao gemacht und ein paar Schokokekse aus dem Schrank gekramt, die schon leicht angelaufen waren und ziemlich unappetitlich aussahen. Flora schnappte sich trotzdem einen und begann zu kauen. „Also, was ist los?", fragte sie.

Ich sah kurz zu unserem verschreckten Austauschschüler, der nur mit den Achseln zuckte.

„Liam ist, wie ihr wisst, bei Pickelgesicht Daniel zu Gast. Besser bei dessen Eltern." Flora und Carla nickten. Liam war bei dem Namen Daniel zusammengezuckt.

Ich schaute ihn an. „Warum hast du eigentlich seinen Eltern nichts gesagt?"

„Was nicht gesagt?" Flora krümelte mit dem Keks rum.

„Pickelgesicht Daniel hat Liam gleich in den ersten Tagen seinen Schlüssel abgenommen."

„Was?" Carla blickte mit großen Augen zu Liam.

„Was is Pickelgesicht?", fragte der. Wir mussten lachen und Liam verzog sein Gesicht zu einem halbherzigen Grinsen.

„Ähm, also, wie soll man das jetzt ins Englische übersetzen?" Ich sah zu meinen Freundinnen.

„Pimple face?", versuchte Flora ihr Glück, nachdem sie ihr Handy konsultiert hatte. Liam kicherte, dann war das wohl nicht so falsch.

„Warum hast du nicht mit Daniels Eltern geredet?", fragte ich noch einmal.

„Er hat verboten."

„Daniel?"

„Yes." Wir schwiegen. Nach einer Weile schaute Liam uns der Reihe nach an. Er schien abzuwägen, was er uns sagen konnte und ob seine Geschichte bei uns in guten Händen war.

Carla nickte ihm aufmunternd zu. „Wir sind deine Freunde, Liam. Jedenfalls, wenn du das willst", fügte sie hastig hinzu, als sie sein unsicheres Gesicht sah. „Du kannst mit uns reden und wir denken uns was aus."

„Was denn?" Er sah aus, als würde er gleich in Tränen ausbrechen.

„Das werden wir sehen."

Konnten wir tatsächlich etwas ausrichten? Gab es da nicht Vorschriften, die eingehalten werden mussten? Behörden, die erst einmal prüften? All diesen Bürokratenscheiß? Und was wussten wir denn überhaupt? Dass Liam keinen Schlüssel zum Haus seiner Gastfamilie hatte, mehr nicht.

„Er hat mir geschlafen", presste Liam heraus.

„Geschlafen?" Flora guckte erst zu Liam, dann zu Carla und mir. „Was meinst du damit?"

„Mit dieser Strauch."

Ich verstand nichts. „Jetzt mal ganz ruhig, Liam." Ich legte ihm wieder eine Hand auf das Bein. „Du erzählst uns jetzt ganz in Ruhe, was dieses *Pimple Face* mit dir gemacht hat."

Liam nickte, sagte aber nichts. Stattdessen fing er an zu weinen, was ihm sichtlich peinlich war. Das wiederum konnte ich gut verstehen. Welcher sechzehnjährige Junge weinte schon gerne vor drei

Mädchen, die er fast gar nicht kannte. Ich sah hilflos zu meinen Freundinnen, die sahen hilflos zu mir zurück. Dann stand ich auf und holte ein Taschentuch, das ich Liam gab. Wir ließen ihn einfach weinen.

Nachdem er sich wieder etwas gefangen hatte, begann er zu erzählen, und was wir zu hören bekamen, war schlimmer, als alles, was ich mir hätte vorstellen können.

Als er endlich fertig war mit seiner Geschichte, die zunehmend aus ihm herausgesprudelt war, saßen wir zusammen und schwiegen. Keiner konnte etwas sagen.

Endlich, nach einer gefühlten Ewigkeit, räusperte sich Carla. „Da gehst du nie wieder hin, soviel steht fest." Flora und ich nickten.

„Aber … my parents … das viel Geld …"

„Das ist jetzt egal", sagte ich, „zu dem Bastard lassen wir dich nicht wieder!" Liam zog die Schultern ein wie ein geschlagenes Tier. Und irgendwie war er das ja auch.

„Ich hab eine Idee", meinte Carla und wir sahen sie alle drei erwartungsvoll an. „Ich rufe jetzt meinen Vater an, der wird dich aus dem Schlamassel rausholen und dieser Dreckskerl Daniel bekommt die Quittung für das, was er dir angetan hat." Liams Augen weiteten sich vor Schreck. Carla schaute ihn an. „Mein Dad ist Anwalt, ein - sie überlegte einen Moment - a Lawyer, der weiß, was zu tun ist."

„No please …"

„Liam, wir leben in Deutschland, nicht in Nordkorea. Hier darf so etwas nicht passieren.

Schon gar nicht einem Gast unseres Landes." Carla klang ziemlich pathetisch, aber ich verstand gut, was sie meinte.

Ich blickte in die Runde. „Freunde, ich denke, es ist an der Zeit, meine Eltern mit ins Boot zu holen." Ich sah Liam an. „Okay?"

„Ins Boot holen?" Er blinzelte verwirrt.

„Ihnen zu erzählen, was dieser Arsch mit dir gemacht hat. Erwachsene sind zwar meistens die Pest, aber manchmal wissen sie doch etwas mehr als wir."

„Okay", antwortete er mit dünner Stimme, wenig überzeugt.

Ich ging nach unten, um meine Eltern darauf vorzubereiten, dass das Zubettgehen noch dauern würde. Es war Samstag, da war das nicht so schlimm. Nachdem ich ihnen in wenigen Worten die Situation erklärt hatte, gingen sie nach oben, klopften höflich an meine Zimmertür, stellten sich Liam vor und baten alle ins Wohnzimmer. Kaum saßen wir um den Couchtisch verteilt, klingelte es auch schon. Liam zuckte kurz zusammen, aber Carla beruhigte ihn. „That´s my dad everything is okay."

Er nickte beklommen.

Ich kannte Carlas Vater schon seit einer Ewigkeit. Er war groß, sehr schlank, hatte dichtes, schwarzes Haar und wirkte immer ein bisschen wie ein Schauspieler, der einen Anwalt spielte. Er gab allen die Hand und setzte sich Liam gegenüber an den Tisch. „Okay, dann lass uns mal die ganze Geschichte hören, von der Carla mir gerade kurz am Telefon berichtet hat." Er nickte Liam aufmunternd zu. „Wenn es dir leichter fällt, kannst du auch englisch reden."

Wieder begann Liam zögernd zu erzählen, aber je länger er sprach, desto schneller wurde er. Er spuckte die Erlebnisse der letzten Wochen förmlich aus. Als er zum Schluss kam, hob er seine beiden Hände und zeigte uns die Handinnenflächen. Wir sahen die Striemen, die die Weidenrute hinterlassen hatte, mit der Daniel ihn geschlagen hatte. Ich musste daran denken, dass Liam Gitarre spielte.

Meine Mutter wurde blass. „Das ist ja ungeheuerlich."

Mein Vater schüttelte angewidert den Kopf, dann wandte er sich an Carlas Dad. „Wie sehen Sie die rechtliche Seite des Ganzen?"

„Dieser Daniel hat sich natürlich strafbar gemacht. Seine Eltern nur dann, wenn man ihnen nachweisen kann, dass sie davon wussten, oder es jedenfalls hätten ahnen können." Er sah zu Liam. „Wir gehen jetzt zusammen zur Polizei und zeigen Daniel an."

Liams Augen wurden Tellergroß. „No! Never!"

„Aber der Junge muss doch bestraft werden", warf meine Mutter ein.

„Die Frage ist natürlich, ob man ihm die Straftat auch nachweisen kann", gab Carlas Vater zu bedenken, „einfach wird das nicht."

Liam schüttelte energisch den Kopf. „No police. Wenn Daniel hört, dass ich gesagt habe, dann ..." Er begann wieder zu weinen.

Ich guckte meine Eltern an. „Kann Liam heute Nacht hier bleiben?"

„Natürlich, ich werde ihm das Gästezimmer richten", meinte meine Mutter. „Ist das okay, Liam?"

Er nickte und putzte sich die Nase. „But no police."

Mir kam ein Gedanke. „Sag mal, Liam, mit welcher Organisation bist du eigentlich in Deutschland?"

„Gute Frage", ergänzte Flora, „diese Arschlöcher haben dich schließlich in Daniels kranke Familie gebracht."

„Youth and Travel." Liam strich sich das Haar aus der Stirn. Ich hatte den Eindruck, dass er sich langsam etwas entspannte. „But the parents von Daniel ist okay, glaube ich."

„Was heißt, du glaubst das?", fragte Carla.

„Sind nicht da viel."

„Hast du hier vor Ort einen Ansprechpartner bei Youth and Travel?", fragte mein Vater.

„Ja, ein Frau, er heißt Melanie."

Ich sah zu meinen beiden Freundinnen, wir grinsten uns an. Aber da war noch etwas, was wir uns wortlos sagten. Wir würden zu dritt auf diesen verschüchterten, schottischen Jungen aufpassen. Dem tat niemand mehr etwas, soviel stand fest.

Mein Vater blickte mitfühlend zu Liam. „Dann werden wir diese Melanie morgen anrufen und sie wird dafür sorgen, dass du in einer anderen Gastfamilie untergebracht wirst."

Carlas Vater stand auf. „Ich werde die Eltern von Daniel anrufen und ihnen die Situation erklären." Er ließ sich die Telefonnummer von Liam geben und verließ den Raum. Wir saßen da und schwiegen, während wir durch die Tür gedämpft die Stimme des

Anwalts hören konnten. Er sprach ruhig, aber sehr bestimmt.

„Die sind aus allen Wolken gefallen und glauben nicht, dass ihr Sohn zu so etwas fähig ist", sagte Carlas Dad, nachdem er wieder ins Zimmer gekommen war. „Das kann uns aber völlig egal sein." Er sah zu Liam. „Bist du sicher, dass du Daniel nicht anzeigen willst?"

Liam nickte energisch.

„Gut, dann regeln wir das anders." Er wandte sich an meine Eltern. „Es wäre toll, wenn Sie das mit der Organisation klären könnten."

„Sicher, und solange es keine neue Familie für Liam gibt, bleibt er bei uns." Mein Vater legte ihm eine Hand auf die Schulter.

Ich schaute meinen neuen, schottischen Freund an, der erleichtert aufatmete. Warum hatte er sich bloß nicht schon früher jemandem anvertraut?

„Und ich werde am Montag die Schule informieren", meinte Carlas Vater.

„Oh no!" Wieder wurden die schottischen Augen tellergroß.

„Oh yes!", antwortete der Anwalt, der wie ein Schauspieler wirkte, der einen Anwalt spielt. „Das müssen wir melden, Liam. Sonst kann dieser Daniel doch einfach weitermachen, was er will. Er könnte andere Jugendliche quälen."

Wie würde Crazy Daniel reagieren, wenn er erfuhr, dass Liam ihn angeschwärzt hatte? Wie würde er reagieren, wenn er erfuhr, dass ich ihm dabei geholfen hatte? Ich entschied, dass es mir egal war. Aber ein mulmiges Gefühl blieb.

Stress in der Schule

Am Montag fuhren wir mit dem Bus zur Schule. Liam war sehr blass. Diese Melanie von Youth and Travel war nicht zu erreichen gewesen, deshalb war der schüchterne Schotte noch immer bei uns. Der Sonntag war dahin geschlichen, ohne dass etwas Wesentliches passiert war. Wenn man von drei Nachrichten von Hannes absah, die ich ignoriert hatte. Wer ein Freund von Daniel ist, ist automatisch mein Feind, so einfach war das.

Mats hatte Liam beim Frühstück erst etwas argwöhnisch beäugt, dann aber mit einem lässigen Schulterzucken seine Anwesenheit hingenommen. Lenas Ohren waren feuerrot geworden, sobald er auch nur in ihre Nähe geblickt hatte.

„Was ich mache, wenn Daniel mir sieht?"

„Am besten ignorierst du ihn einfach."

„Ignorierst?"

„Tu einfach so, als ob er gar nicht da wäre."

Liam legte den Kopf schief.

„Warum hast du nicht schon viel früher mit jemanden geredet, Liam?"

„Weiß nicht."

„Diese Melanie hätte dir helfen müssen. Oder deine Eltern?"

„My parents nicht viel Geld haben, für sie schwer … "

„Du meinst, sie haben es schwer gehabt, dass Geld für den Austausch aufzubringen?"

„Yes."

„Aber deshalb hättest du ihnen doch trotzdem erzählen können, was Daniel …" Ich konnte es nicht aussprechen.

„Maybe", war alles, was er antwortete und ich beschloss, nicht weiter auf dem Thema herumzuhacken. Liam hatte sich niemandem anvertraut, aus welchen Gründen auch immer. Jetzt war das vorbei.

Gleich als wir den Schulhof betraten, wurde ich eines Besseren belehrt. Es war nicht vorbei.

Liam blieb wie festgenagelt stehen. Mitten auf dem Hof stand Daniel. Nein, er stand nicht da, er hatte sich dort *aufgebaut*.

Ich nahm Liams Hand. „Komm, der Typ tut dir nichts."

„Ich nicht kann."

„Doch, kannst du." Ich zog ihn mit mir und wir gingen an Daniel vorbei, als sei er Luft.

„Hey, Liam-Baby, brauchst du jetzt eine Tussi, die deine kleine, verschwitzte Hand hält, um dir nicht in die Hosen zu machen?", tönte es hinter uns her.

„Einfach ignorieren", flüsterte ich und zog meinen neuen Freund weiter. Am anderen Ende des Schulhofs stand Hannes an eine Wand gelehnt und sah uns zu, wie wir Hand in Hand über den Schulhof gingen. Was mochte wohl in seinem Kopf vor sich gehen? Was denkt er sich jetzt? Ich verlasse Samstagsabends seine Party mit Liam und Montagmorgens begegnen wir uns wieder - und ich halte immer noch diese schottische Hand, als hätte ich sie seit der Party nicht losgelassen. Ich versuchte mir einzureden, dass mir die Gedanken von Hannes scheißegal waren. Es funktionierte nicht besonders gut. Im Gegenteil, ich malte mir aus, wie er die Situation interpretieren musste.

Das hässliche Entlein der Schule verlässt seine Party mit einem fremden Jungen! Nachdem er sie geküsst hat! Ich musste grinsen, ließ Liams Hand los und ging so lässig wie möglich mit einem kurzen Gruß an Hannes vorbei. „Maryam Landmann!"

Ich drehte mich nicht um, sondern ging stur weiter Richtung Gebäude. Die Eingangstür ging auf und Carlas Vater kam aus der Schule. Wir blieben stehen und er schaute Liam an. „Na, wie geht es dir heute?" Mein schottischer Freund zuckte mit den Achseln. Seine Augen waren wieder groß vor … ja, was eigentlich? Angst?

„Geht", presste er heraus.

„Ich habe gerade mit dem Direktor gesprochen, er wird sich diesen Daniel vornehmen."

„Vornehmen?"

„Mit ihm reden und ihm klar machen, dass er dich in Ruhe zu lassen hat."

„Gut." Es klang nicht sehr überzeugt.

„Hör mal, Liam", sagte ich, „ich muss jetzt in die Mathe-AG. Wir sehen uns in der Pause, okay?"

„Ja", erwiderte er kläglich.

„In der Pause warte ich an genau dieser Stelle auf dich."

„Gut."

Ich sah ihn aufmunternd an und verabschiedete mich von Carlas Vater. Auf dem Weg zum Seminarraum wurde mich klar, was Mathe-AG bedeutete. Hannes wäre auch da.

„Maryam Landmann!"

Ich blieb stehen und drehte mich um. Hannes kam mit schnellen Schritten auf mich zu. „Sag mal, was ist eigentlich los?"

„Wieso?"

„Na, du verlässt Hals über Kopf meine Party, antwortest mir nicht auf meine Nachrichten und tust jetzt so, als wäre ich Luft. Hab ich dir irgendwas getan?"

Hatte er das? Eigentlich nicht. „Du hast mir nichts getan, Hannes. Aber du solltest dir deine Freunde besser aussuchen."

„Wie meinst du das denn?"

„Dieser pickelige Daniel ist das hinterletzte Arschloch und ich bin schwer verwundert, dass du mit ihm abhängst."

„Was? Wieso?" Er sah mich überrascht an.

„Frag ihn."

Damit ließ ich Hannes stehen und ging in den Seminarraum. Ich knallte meine Tasche auf den Tisch und setzte mich. Zum Glück ging die Stunde direkt los, ich konnte mich allerdings nur schwer konzentrieren. War Hannes einer der Guten? Oder einer der Bösen? Und ergab es überhaupt einen Sinn, Menschen scherenschnittartig in Gut und Böse zu unterteilen? Gott, ich war gerade mal sechzehn. Woher sollte ich das wissen? Als es zur Pause klingelte, ging ich sofort auf den Schulhof und wartete auf Liam. Carla kam von der anderen Seite des Hofes zu mir. Wir hatten am Sonntag ein paar Nachrichten hin und her geschickt, sodass wir ungefähr auf dem gleichen Stand der Erkenntnis waren.

„Dein Anwaltsvater war schon beim Rektor", sagte ich nach einer kurzen Umarmung.

„Ich weiß."

„Weißt du, was genau er dem gesagt hat?"

„Dass er den Direktor wegen unterlassener Fürsorgepflicht anzeigen wird, wenn er es nicht schafft, Daniel von Liam fernzuhalten." Carla grinste. „Und dass das ein internationales Nachspiel haben würde."

„Kann dein Vater das überhaupt?"

„Nö, aber das muss der Direktor ja nicht wissen."

Ich guckte sie fragend an.

„Dreiviertel des Anwaltsjobs besteht aus Bluffen, sagt mein Dad immer."

Ich grinste.

Carla seufzte und deutete zur Seite. Liam kam über den Schulhof auf uns zu. „Der wirkt immer noch, als würde er jeden Moment Schläge erwarten."

„Ja, leider."

„Hey Liam, wie geht's?"

Er winkte schüchtern. „Okay."

„Das freut mich."

„Pickelgesicht hat sich auch schon blicken lassen", sagte ich.

„Echt?"

„Yep, hat sich vor uns aufgebaut und Scheiße gelabert."

„Das wird er schon sehr bald sein lassen", meinte Carla selbstbewusst. Als hätte nicht ihr Vater, sondern sie sich den Direktor zur Brust genommen.

Liam schaute verwirrt von Carla zu mir und wieder zu Carla.

„Mein Dad hat den Direktor angewiesen, dafür zu sorgen, dass Daniel dich in Ruhe lässt." Sie zwinkerte ihm zu und grinste ihr Zahnlückengrinsen.

„Das is good, but Daniel … "

„ … wird das schön befolgen, sonst fliegt der nämlich von der Schule", vollendete Carla Liams Satz und ich fragte mich, ob das wirklich so einfach wäre.

„Na, Liam-Baby, gefällt es dir nicht mehr bei mir? Dabei hatten wir zwei es doch so nett miteinander?", zischte es hinter mir.

Ich drehte mich blitzschnell um. „Verpiss dich, du Arschloch!"

Daniel stand grinsend da. Dann schüttelte er mit gespielter Verwunderung den Kopf und schaute Liam in die Augen. „Sind das deine neuen Bodyguards?" Er schüttelte sich aus vor Lachen. War ja auch ein toller Witz.

„Ich sagte, du sollst dich verpissen!"

Daniels Augen verengten sich zu Schlitzen, als er mich ansah. Sein Blick war so fies, dass mir eiskalt wurde. Mein eben noch vorhandenes Selbstbewusstsein schmolz wie Himbeereis in der Sonne.

„Du sagst mir, dass ich mich verpissen soll?", flüsterte er. Liam und Carla standen da wie erstarrt.

Ich musste daran denken, was dieser Arsch Liam angetan hat und bog den Rücken durch. Alles in mir vibrierte, aber zu meinem Erstaunen blieb ich äußerlich komplett ruhig. Endlich war meine Größe mal von Vorteil. Ich schaute auf ihn herab.

Daniel sagte keinen Ton, fixierte mich nur kalt. Ich beugte mich näher zu ihm, mein Herz raste. „Die Schweine von heute sind die Schnitzel von morgen", zischte ich. „Vergiss das besser nicht."

Für eine Sekunde blieb die Welt stehen. Nichts schien sich mehr zu bewegen. Ich hatte das Atmen eingestellt.

Dann packte Daniel mich so brutal am Arm, dass ich einen Aufschrei nicht unterdrücken konnte. Seine Hand umschloss meinen Arm wie ein Schraubstock. „Du bist tot", fauchte er, dann ließ er mich abrupt los und stapfte davon. Mein Herz wummerte wie ein Presslufthammer, während meine Freunde leichenblass geworden waren.

„Hat der dir gerade mit dem Tod gedroht?", fragte Carla.

„Sieht ganz so aus." Meine Stimme war nicht so fest, wie ich gehofft hatte. Ich musste mich unbedingt irgendwo hinsetzen. „Lasst uns in die Mensa gehen, ich könnte eine Cola vertragen."

Schweigend gingen wir über den Schulhof, während ich aus dem Augenwinkel Daniel beobachtete, der sich zu Hannes und Tamara stellte und mit ihnen sprach, als sei nichts geschehen. Hatten die beiden mitbekommen, was gerade geschehen war?

„Ich rufe meinen Dad an", sagte Carla, nachdem wir uns mit unseren Getränken an einen Tisch gesetzt hatten.

„Warum willst du denn deinen Dad anrufen?" Flora schnappte sich einen Stuhl und setzte sich zu uns.

Nachdem wir ihr von dem Vorfall auf dem Schulhof berichtet hatten, wurde sie blass. „Das hat er wirklich gesagt?"

Ich nickte beklommen und rieb mir meinen Arm. Er fühlte sich an, als wäre er immer noch in der Schraubzwinge von Daniels Hand gefangen.

„Was für ein Idiot. Na ja, wenn der erstmal beim Direktor war, ist der klein wie eine Kirchenmaus", meinte Flora.

Daran hatte ich allerdings erhebliche Zweifel. Ich sah zu Carla. „Wir warten jetzt mal ab, wie dieses Arschloch sich verhält, wenn der Direktor ihn sich vorgenommen hat. Wenn er keinen Abstand zu uns hält, dann können wir deinem Dad immer noch von dem Vorfall erzählen."

Zwei Tage später saß ich mal wieder meinem Nachhilfeschüler gegenüber. Er guckte mich unsicher an. „Daniel ist für den Rest der Woche krankgeschrieben."

„Soso."

„Maryam, was genau ist passiert?"

„Warum fragst du Daniel nicht selber, ist doch dein bester Kumpel?"

„Ich will es aber von dir wissen."

Konnte ich ihm vertrauen? Konnten wir ihm vertrauten? Würde er uns vielleicht sogar helfen, wenn Daniel wieder da war und sich nicht von uns fern hielt? Ich musste an den Kuss denken, den er mir auf der Party gegeben hatte. Natürlich musste ich an den Kuss denken. Ich dachte die ganze Zeit an nichts anderes. Lager eins küsst Lager drei. Warum? Diese Frage beschäftigte mich ununterbrochen und ich fand immer wieder nur eine Antwort. Lager eins will Lager drei verarschen.

„Lass uns anfangen", sagte ich und schob ihm eine Aufgabe über den Tisch.

„Sag mir doch einfach, was los ist. Ich meine, dieser Ire wohnt plötzlich nicht mehr bei Daniel ... "

„Schotte."

„Dann eben Schotte, ist doch egal. Wieso ist er ausgezogen? Und wo wohnt er jetzt?"

Liam war immer noch bei uns, diese Melanie fand so schnell keine andere Gastfamilie. Mir gefiel es, dass er da war. Und Lena himmelte ihn an. Offensichtlich war dieser Luca kein Thema mehr. Ich nahm mir vor, sie abends danach zu fragen.

„Liam wohnt bei mir. Und ausgezogen ist er, weil Daniel ein Arschloch ist. Ende der Durchsage. Und jetzt lass uns schauen, wie wir dein Mathedefizit reduziert bekommen."

„Er wohnt bei dir?", fragte Hannes überrascht.

„Was dagegen?"

„Nein, natürlich nicht, aber … "

„Aber was?"

Er sah mir in die Augen. „Ich verstehe es einfach nicht."

„Ist doch nicht so schwer zu verstehen. Daniel hat Liam scheiße behandelt, deshalb wohnt er jetzt bei mir."

„Scheiße behandelt? Kann ich mir gar nicht vorstellen.

Ich meine, okay, Daniel ist manchmal etwas direkt."

Ich richtete mich auf. „Nennst du das *etwas direkt*, wenn dir gesagt wird, dass du tot bist?"

„Das hat Daniel zu Liam gesagt?"

„Nein, das hat Daniel zu mir gesagt. Montagmorgen auf dem Schulhof. Du hast es gesehen."

„Das ist allerdings …", er schüttelte den Kopf, „ich werde mit Daniel reden."

„Kannst du gerne machen. Mir ist das allerdings komplett egal."

„Aber wir sind doch alle auf einer Schule."

„Na und? Deshalb muss ich mich doch nicht mit so einem Arsch beschäftigen."

Hannes zuckte unsicher mit den Schultern.

Es klopfte dreimal an meine Zimmertür.

Ich legte mein Buch beiseite. „Komm rein."

Lena schlüpfte durch die Tür und ließ sich mit einem tiefen Seufzer auf mein Bett fallen.

„Was ist denn los?"

„Ich bringe dir eine große Portion Verzweiflung vorbei."

„Lena!"

„Warum muss das Leben so kompliziert sein, Mary?"

Ich antwortete nicht. Woher sollte ich das wissen?

Sie seufzte noch einmal, hob die Schultern und lies sie wieder fallen. „Es geht um Jungs."

Warum überraschte mich das nicht?

„Luca?", fragte ich grinsend.

„Jungs! Plural!"

„Luca und … noch einer", sagte sie zögernd.

„Noch einer?"

„Du brauchst gar nicht so blöd zu grinsen. Du weißt ja sowieso, wen ich meine."

„Weiß ich das?"

„Mary!"

„Er?"

„Er!"

„Und Luca?"

„Und Luca."

„Du bist also in zwei Typen verknallt?"

„Jaha, wie blöd ist das denn bitte?"

„Und was sagt ER dazu?"

„Woher soll ich das wissen? Der wird ja immer gleich verlegen, wenn man ihn mal ansieht. Süß, oder?"

Lena legte die Stirn in Falten und guckte mich mit ihrem Welpenblick an.

„Du wirst auch immer gleich verlegen." Ich gab ihrer Nasenspitze einen Stups. „Und was läuft mit diesem Luca?"

Lena schwieg einen Moment. „Wir waren zusammen am Fluss."

„Und was habt ihr da gemacht?"

„Na, was wohl? Geknutscht natürlich."

Oh Mann, meine zwei Jahre jüngere Schwester ist in zwei Jungs verknallt und knutscht rum.

Und ich? Ein ungeküsstes, hässliches Entlein kurz vor dem siebzehnten Geburtstag. Okay, einen Kuss hatte es gegeben. Aber den konnte man ja wohl nicht zählen.

„Sag mal, Lena, was würdest du machen, wenn dich jemand anbaggert, von dem du sicher weißt, dass er nicht wirklich dich meint?"

„Liam baggert mich ja gar nicht an."

„Ich meine nicht Liam."

„Hä?"

„Es geht um einen Jungen aus meiner Schule."

„Oha."

„Was soll das denn heißen? Oha?"

„Na, oha heißt oha."

„Lena!"

Sie schnappte sich ein Kissen und machte es sich bequem. „Erzähl mehr."

„Er ist der heißeste Typ der ganzen Schule und er baggert mich an."

„Echt?"

„Ja, und ich bin nicht so blöd zu glauben, dass er wirklich mich meint. Er führt irgendwas im Schilde. Nur habe ich nicht den blassesten Schimmer, was das sein könnte."

„Der heißeste Typ der ganzen Schule?"

„Exakt."

„Dann kann er nicht dich meinen."

„Danke, Schwesterherz, aber das sagte ich ja selber gerade schon."

Lena sah mich erschrocken an. „Ich meinte natürlich …"

„Schon gut, Lena, ich bin ja nicht blind und sehe mindestens einmal am Tag in den Spiegel."

„So war das doch gar nicht gemeint, ich wollte nur sagen, dass die Jungs …"

„Es ist wirklich okay." Ich musste trotzdem schlucken. Warum konnte ich nicht jedenfalls so hübsch sein wie meine Schwester?

„Sag mir lieber, was ich machen soll. Ich meine, der Typ verarscht mich ganz eindeutig."

„Dann verarsch ihn zurück."

„Ich bemühe mich." Ich hörte selber, dass ich nicht überzeugend klang. „Wenn ich nur wüsste, was der wirklich von mir will."

„Du hast keine Ahnung?"

„Nope."

„Meinst du, Liam mag mich?"

„Was?"

Lena legte den Kopf schief. „Du könntest ihn ja mal fragen, wie er mich findet, oder so."

„Waren wir nicht gerade noch bei einem ganz anderen Thema?"

„Schon, aber da sind wir ja nicht weitergekommen. Also, fragst du ihn? Ich meine, er darf natürlich nicht wissen, dass ich wollte, dass du ihn fragst."

„Lena!"

„Ich glaube übrigens, dass er echt einsam ist."

„Liam?"

„Wer sonst?"

„Kann schon sein."

„Er tut mir total leid. Ich meine, so allein in einem fremden Land."

Sie ging zur Tür. „Wäre cool, wenn Liam bald eine Familie finden würde, die ihn aufnimmt und die ihn wirklich mag, oder?" Damit war sie aus dem Zimmer.

Notiz an mich: Rede nie wieder mit deiner kleinen Schwester über Jungs!

Als wir später alle im Garten grillten, sah ich mir Liam genauer an. Er stand mit meinem Vater am Grill. Mats hatte den beiden ein kaltes Bier in die Hand gedrückt, sie stießen die Gläser aneinander. Liam wirkte entspannt. Es tat ihm auf jeden Fall gut, dass dieses Drecks-Pickelgesicht für ein paar Tage nicht in der Schule war. Lena saß am Tisch und versuchte, ihn nicht allzu offensichtlich anzuschmachten. Hin und wieder warf Liam ihr einen Blick zu, den ich nicht deuten konnte. Die Luft war schwül, aber das würde sich bald legen. Die Sonne ging bereits unter. Beim Essen wählte Liam den Platz neben Lena. Ich zwinkerte ihr zu. Sie kratzte verlegen an einem Mückenstich herum.

„Guten Appetit", sagte Mama und lächelte einmal in die Runde. Als ihre Augen Liam erreichten, wurde ihr Blick noch wärmer. Und mich durchströmte ganz plötzlich ein unglaubliches Glück. Ich hatte einfach tolle Eltern. Ohne groß zu überlegen, hatten sie einen völlig unbekannten Jungen bei sich aufgenommen und es schien ihnen überhaupt nichts auszumachen, dass nicht klar war, wie lange er noch bleiben würde.

„Hau rein, Scotsman", sagte Mats lächelnd. Er mochte diesen schüchternen Jungen offensichtlich auch. Papa, Mats und Liam hatten ein Steak mit Salat auf dem Teller. Lena pulte umständlich ein Stück Schafskäse aus der Alufolie. Mama und ich aßen nur Salat. Plötzlich kam mir eine Idee.

Ich schaute in die Runde. „Sagt mal, kann Liam nicht einfach hierbleiben?"

Lena studierte die Tischdecke. Mats zuckte unbekümmert mit den Schultern. Meine Mutter blickte meinen Vater an, der unmerklich eine Augenbraue hochzog.

„Ich meine, warum können wir nicht seine Gastfamilie werden?"

Es schien, als hätte Liam aufgehört zu atmen. Er wagte niemanden anzusehen.

„Natürlich nur, wenn Liam das will?"

Er nickte fast unmerklich, sagte aber nichts.

Ich sah zu meinem Vater, der fragend zu meiner Mutter schaute. Klar, sie hätte die meiste Arbeit damit.

Meine Mama lächelte Liam an. „Würdest du denn gerne bei uns leben?"

Er nickte vorsichtig, so, als wolle er mit seiner Anwesenheit auf keinen Fall irgendwelche Umstände machen.

„Darauf hätten wir ja auch schon früher kommen können", meinte Mama und tippte sich entschuldigend gegen die Stirn. „Dann klären wir das morgen mit der Agentur. Diese Melanie ist vermutlich froh, dass sie nicht weiter nach einer Gastfamilie für dich suchen muss."

Ich blickte Liam an und sah förmlich eine zentnerschwere Last von seinen Schultern fallen.

Er schaute meine Mutter und meinen Vater mit feuchten Augen an. „Das ist great von Ihnen, thank you."

„Euch", erwiderte meine Mama und erntete einen unsicher fragenden Blick. Sie hob ihr Wasserglas zu einem Toast. „Willkommen in unserer Familie, lieber Liam. Ab heute *you can say you to me*", versuchte sie einen müden Scherz. Wir lachten trotzdem alle.

Es wurde ein toller Abend. Liam war so ausgelassen, wie ich ihn noch nie zuvor erlebt hatte.

Bevor ich ins Bett ging, wollte ich die gute Nachricht noch an Flora und Carla schicken, konnte aber mein Handy nicht finden. Ich durchwühlte meine Schultasche, meine Hosentasche, mein Bett, meinen Schreibtisch. Kein Handy. Also ging ich wieder nach unten, um mich selber vom Festnetz aus anzurufen. Auf dem Treppenabsatz blieb ich stehen. Unten war leises Flüstern zu hören. Lena und Liam? Ich wollte nicht lauschen, aber irgendwas hatte mich auf die Treppenstufe getackert. Neugier?

„Ich bin so froh." (Lena)

„Ich auch." (Liam)

„Sie ist voll drauf reingefallen." (Lena)

Sie? Wer?

„Wenn ich gefragt hätte, hätten meine Eltern bestimmt nein gesagt." (Lena)

Sie redet über mich!

Das Gespräch vor einigen Stunden in meinem Zimmer hatte nur aus einem einzigen Grund stattgefunden, Lena wollte Liam im Haus behalten. Kein Wunder, dass sie nicht wirklich Interesse an meinem Jungsproblem gezeigt hatte. Und dieser Luca war vermutlich gar kein Thema mehr. Dieses Biest! Leise schlich ich die Treppe hinunter, unten war es dunkel. Ich sah nur ihre eng umschlungene Silhouette. Sie küssten sich. Ich schlich mich näher ran. Als ich nur noch einen halben Meter entfernt war, blieb ich stehen. Dann begann ich langsam in die Hände zu klatschen. Ein ganz, ganz müder Applaus. Sofort schossen sie auseinander. Liam guckte mich erschrocken an, Lena kicherte. Das machte sie immer, wenn sie unsicher war.

„Überzeugender Auftritt, vorhin in meinem Zimmer", sagte ich. Dann ging ich nach oben. Mein Handy würde ich morgen suchen.

Wo ist Liam?

Am nächsten Morgen wählte ich als erstes vom Festnetz meine Handynummer. Es klingelte nirgendwo im Haus. Komisch. Ich konnte das Telefon nur in der Schule vergessen haben. Oder verloren, was echt scheiße wäre. Nach dem Frühstück machte ich mich für die Schule fertig. Lena und Liam waren noch nicht aufgetaucht. Ich überlegte einen Moment, ob sie in einem Zimmer übernachtet hatten, schob den Gedanken aber schnell wieder beiseite, als Lena frisch und ausgeschlafen die Treppen hinunterpolterte. Sie frühstückte nie, sehr zum Leidwesen unserer Mutter.

„Guten Morgen", nuschelte sie.

„Morgen. Wo ist denn dein Lover? Wird Zeit, wenn wir den Bus nicht verpassen wollen." Ich sah auf eine imaginäre Armbanduhr.

„Keine Ahnung, hat Liam denn nicht gefrühstückt?"

„Jedenfalls nicht mit mir."

„Was willst du denn damit sagen?"

„Das er hier noch nicht aufgetaucht ist und unser Bus in

exakt zehn Minuten fährt."

„Komisch", Lena schaute verwirrt nach oben, „ich klopfe mal bei ihm."

„Wird ihn sicher freuen."

„Hör mal, Maryam, ich wollte dich nicht verarschen, oder so."

„Ach ja, und warum fühle ich mich dann verarscht?"

„Wenn der Vorschlag von mir gekommen wäre, hätten Mama und Papa sicher nein gesagt. Mama ahnt glaube ich was."

„Und warum hast du mir nicht einfach die Wahrheit gesagt?"

„Weiß ich auch nicht." Lena sah auf den Boden und zeichnete mit dem Fuß imaginäre Kreise, dann blickte sie auf. „Ich klopfe mal bei Liam." Sie sprang die Treppe hoch und klopfte energisch an die Tür.

„Er macht nicht auf", hörte ich sie kurze Zeit später von oben rufen, „das ist doch merkwürdig."

Ich schnappte mir meine Tasche und die Schlüssel und ging zur Tür. „Dann soll er den nächsten Bus nehmen, ich muss jetzt los."

„Warte doch mal, Maryam."

„Ich muss jetzt wirklich los, sonst verpasse ich eine wichtige Stunde."

„Da stimmt doch was nicht!" Ihre Stimme klang schrill.

„Was meinst du denn damit?"

Lena sah mich über das Geländer gebeugt an. „Ich klopfe wie blöd an der Tür und er reagiert nicht."

„Na, geh halt rein."

„Meinst du?"

„Warum nicht?"

„Okay."

Kurze Zeit später war sie wieder am Geländer. Ihr Gesicht eine einzige Verwirrung. „Er ist nicht da."

„Wie bitte?"

„Das Zimmer ist leer." Sie klang jetzt wirklich besorgt.

Ich lief nach oben und blickte mich zusammen mit Lena im Zimmer um. Das Bett wirkte, als hätte meine Mutter es gemacht. Die war heute aber schon sehr früh aus dem Haus gegangen.

„Wo ist Liam?", fragte ich überrascht.

„Keine Ahnung. Sieht so aus, als hätte er heute Nacht gar nicht hier geschlafen."

Ich guckte meine Schwester an. „Was war gestern Abend?"

„Wie meinst du das?"

„Habt ihr euch vielleicht gestritten?"

„Nein, kein bisschen."

„Wann seid ihr denn ins … ähm … Bett gegangen?"

Lena wurde rot. „Kurz nachdem du … also … sind wir gleich hoch und jeder in sein Zimmer." Meine Schwester hob zwei Finger zu einem Schwur, wie wir es als Kinder getan hatten.

„Das ist allerdings merkwürdig." Ich schaute mich im Zimmer um. „Sein Handy scheint nicht da zu sein."

Lena fischte ihres aus der Hosentasche und wählte Liams Nummer. Kein Klingeln im Haus. Gespannt sah ich Lena zu, wie sie dem Freizeichen lauschte. Dann hörte ich die Mailbox angehen. Sie legte auf.

„Seine Jacke fehlt auch."

„Ruf mal Mama an, ob sie ihm begegnet ist heute Morgen."

Lena sprach kurz mit unserer Mutter, die Liam auch nicht gesehen hatte. Ratlos blickten wir uns an. Was hatte das zu bedeuten?

„Ich fahre jetzt in die Schule, vielleicht ist er ja schon da." Wenig überzeugt gingen wir nach unten und

Lena sah mir mit hängenden Schultern dabei zu, wie ich meine Tasche und die Schlüssel schnappte.

„Rufst du mich an, wenn du in der Schule angekommen bist?"

„Klar, vermutlich ist Liam schon da. Und mein Handy liegt wohlbehalten bei der Schulsekretärin."

In Lenas Gesicht stand Verzweiflung. „Und ihr habt euch wirklich nicht gestritten?"

„Nein!"

„Ich melde mich sofort bei dir, Lena." Dann rannte ich los und erwischte den Bus in allerletzter Minute. Erst als ich mich hingesetzt hatte, wurde mir klar, dass ich alleine ja auch den Roller hätte nehmen können.

Auf dem Schulhof herrschte das übliche Chaos. Von Liam keine Spur. Ich fragte ein paar Leute, aber niemand hatte ihn gesehen. Dafür lag mein Handy tatsächlich unversehrt im Sekretariat. Ich blickte auf das Display. Ein paar unwichtige WhatsApp-Nachrichten und ein gerade eingegangener Anruf von Lena. Ich rief sie zurück.

„Und?", fragte sie etwas außer Atem.

„Er ist nicht da."

„Das kann doch nicht sein." Sie war kurz vorm heulen.

„Lena, mach dir bitte keine Sorgen. Der taucht schon wieder auf."

„Aber man verschwindet doch nicht so einfach mitten in der Nacht."

Damit hatte sie allerdings recht. Was konnte geschehen sein?

Vielleicht hatte Liam sich gemeldet, um sich vom Unterricht befreien zu lassen. Ich rannte zurück ins Sekretariat. Frau Müller biss gerade in ein Brötchen, als ich das Zimmer betrat. Sie sah etwas erschrocken auf, bei jedem Kauen wippte ihr Pferdeschwanz hin und her.

„Hat Liam sich für heute entschuldigt?"

„Was?", fragte sie etwas undeutlich zurück und kaute schneller, während ihr Pferdeschwanz einen Galopp hinlegte. Dann schluckte sie herunter und fragte noch einmal „was?"

„Liam. Er wohnt bei uns und war heute Morgen nicht zuhause. An sein Handy geht er nicht. In der Schule scheint er auch nicht zu sein. Hat er sich vielleicht bei Ihnen gemeldet?" Meine Stimme überschlug sich fast.

„Heute hat überhaupt noch niemand angerufen." Sie legte die Stirn in sorgenvolle Falten. „Das ist dieser Austauschschüler, oder?"

„Ja genau, Liam. Er ist verschwunden."

„Verschwunden?" Ihre Stirn war ein einziges Faltenmeer. Der Pferdeschwanz hatte sich wieder beruhigt.

„Na ja, verschwunden ist vielleicht etwas übertrieben. Er war heute Morgen nicht da."

„Und sonst ist er immer ... wie soll ich sagen ... zuverlässig?"

„Ja. Deshalb ist das ja so komisch."

„Soll ich den Direktor benachrichtigen? Da gab es doch diesen Zwischenfall ...?"

„Was? Nein! Ich meine, ich glaube, wir warten einfach ab, der taucht schon wieder auf."

Da gab es doch diesen Zwischenfall.

Bevor ich in den Unterricht ging, rief ich Liams Nummer an. Als das Freizeichen erklang, begann mein Herz zu rasen. Die Mailbox sprang an und ich hinterließ eine Nachricht. Er möge sich bitte sofort bei mir oder Lena melden. Entgegen der Vorschriften behielt ich das Handy an, aber es blieb den kompletten Vormittag still. In jeder Pause telefonierte ich mit Lena, die aber nie etwas Neues zu berichten hatte. Carla und Flora waren ebenfalls alarmiert, als sie von Liams Verschwinden erfuhren. Flora meinte während einer Pause: „Vielleicht hat er es vor Heimweh nicht mehr ausgehalten und ist zurück nach England."

„Ohne sich zu verabschieden?", erwiderte Carla.

„Das kann ich mir nicht vorstellen, gestern Abend hat er noch fröhlich mit Lena geknutscht."

„What?", entfuhr es Flora. Meine zwei Freundinnen schauten mich überrascht an.

„Außerdem haben meine Eltern ihn eingeladen, den Rest seiner Austauschzeit bei uns zu wohnen. Er schien sich wirklich darüber gefreut zu haben. Da haut man doch nicht einfach ab."

„Das stimmt, wirklich merkwürdig." Carla kaute an einer Haarsträhne. Das machte sie immer, wenn sie nervös war.

Wir schwiegen, während ich sicher war, dass uns allen das Gleiche durch den Kopf ging.

Hatte sein Verwinden irgendwas mit Daniel zu tun?

„Soll ich meinen Dad anrufen?", fragte Carla, ihre Stimme zitterte leicht.

Ich überlegte. „Lass uns bis nach dem Unterricht warten. Wir sehen uns um zwei hier, okay?" Beide nickten beklommen.

Um zwei hatte Liam sich immer noch nicht gemeldet. Weder bei Lena, die kurzerhand die Schule geschwänzt hatte, noch bei mir oder einer meiner Freundinnen. Ich hatte im Unterricht jede dritte Sekunde auf mein Handy geschaut, was mir einen Eintrag ins Klassenbuch eingebracht hatte. Es war mir egal. Ich wollte wissen, wo mein schottischer Mitbewohner war, alles andere war unwichtig.

„Wir brauchen einen Plan", meinte Flora nun und guckte von Carla zu mir. Wir nickten.

„Was ist mit Hannes?", fragte Flora.

„Hannes? Was hat der denn damit zu tun?" Ich musste schlucken.

„Er ist der beste Freund von Daniel."

Daniel. Damit stand sein Name im Raum. Wir konnten ihn nicht länger ignorieren.

Flora schlang die Arme um ihren Oberkörper, so als würde sie frieren, dabei waren es bestimmt 25 Grad. „Daniel hat Liam entführt", flüsterte sie.

„Flora, jetzt mach aber mal einen Punkt, wir sind hier nicht in einem schlechten Hollywoodfilm."

„Und wenn doch?", fragte sie mit schreckensweiten Augen.

„Ich rufe jetzt meinen Dad an", meinte Carla und zückte ihr Handy.

„Warte doch mal!"

Carla hielt inne. „Warum? Der ist Anwalt und weiß, was man in einem Entführungsfall tun muss."

„Entführungsfall? Ihr habt zu viel Netflix geschaut!", schnaubte ich, „lasst uns doch mal in Ruhe die Situation durchdenken."

Ich nickte in Richtung Schulhofbank. Der Pausenhof war leer, alle waren schon nach Hause gefahren. Nachdem wir uns gesetzt hatten, begann ich mit meiner Analyse.

„Erstens: Daniel kann gar nicht wissen, dass Liam bei uns wohnt.

Zweitens: Wie soll er ihn denn bitte entführt haben? Meint ihr, er ist in unser Haus geschlichen, hat ihm einen Sack über den Kopf gestülpt und ihn rausgeschleppt? Daniel, dieser Zwerg? Never!

Drittens: Warum sollte er das tun? Um Lösegeld zu erpressen?" Ich musste lachen bei dem Gedanken. „Nee, nee, Liam ist aus einem ganz anderen Grund verschwunden."

„Und aus welchem?", fragte Flora zweifelnd.

„Keine Ahnung", ich sah meine zwei besten Freundinnen an, „aber wir werden es herausfinden."

Um es gleich vorweg zu nehmen: Wir haben es nicht herausgefunden. Liam blieb verschwunden. Als er an besagtem Abend nicht wiederaufgetaucht war und wir keinerlei Kontakt zu ihm herstellen konnten, hat mein Vater erst die Polizei, dann Melanie von Youth and Travel und anschließend Liams Eltern verständigt. Die waren total bestürzt und riefen mehrmals mitten in der Nacht bei uns an. Mein Vater hat sich alle Zeit genommen, um mit ihnen zu reden. Er ist der Einzige in der Familie, der fließend Englisch spricht.

Das war vor zwei Tagen. Jetzt sind sie hier. Liams Eltern. Sie wohnen bei uns. Es ist schrecklich, sie zu erleben. Ihre Verzweiflung. Auch Lena ist total durch den Wind. Sie gibt sich die Schuld, was natürlich Quatsch ist.

Liams Handy konnte nicht geortet werden, es sei wohl ausgeschaltet, meinte die Polizei. Ich frage mich, ob ein Handy wirklich nicht mehr zu orten ist, nur weil es aus ist.

Die zwei Polizistinnen, die mich verhört haben (sie nannten es ´ein Gespräch führen´, es fühlte sich jedoch an wie ein Verhör), waren sehr nett, haben aber keine meiner Fragen beantwortet.

Und ich hatte viele Fragen:

- Haben Sie mit Daniel gesprochen?
- Haben Sie mit dem Direktor gesprochen?
- Wissen Sie, was Daniel getan hat?

- Wissen Sie, warum Liam dort nicht bleiben konnte?
- Was sagen Daniels Eltern?
Sie nickten bei all meinen Fragen, machten sich Notizen und beantworteten keine einzige. Stattdessen löcherten sie mich ihrerseits mit Fragen, die mir allesamt komplett unsinnig erschienen. Ob Liam Drogen nahm. Ob er in den falschen Kreisen verkehrte. Ob er psychische Probleme habe. Es machte mich wahnsinnig.

Alles ist anders

Ich gehe nicht mehr zur Schule, Lena und Mats auch nicht. Mein Vater muss zur Arbeit, schaut aber, dass er so früh wie möglich nach Hause kommt. Ich telefoniere stündlich mit Flora und Carla, obwohl es kaum Neuigkeiten gibt. Sobald ein Telefon klingelt, zucken alle zusammen. Meist ist es das Handy von Liams Mum. Sie heißt Laura, ist eine schüchterne, unscheinbare Frau, die vor lauter Nervosität ihre Fingernägel abnagt, bis sie bluten. Wenn ihr Telefon klingelt, starrt sie erst eine gefühlte Ewigkeit auf das Display, bevor sie abnimmt. Wir starren alle mit. Aber es ist nie Liam, sondern immer eine der Töchter, denen sie mit erstickter Stimme erklärt, dass es nichts Neues gibt.

Nichts Neues.

Laura ist das totale Gegenteil meiner Mutter, die in dieser Notsituation zum absoluten Fels in der Brandung wird. Sie tröstet, wo Trost nötig ist, sorgt für niemals versiegenden Kaffee- und Saftnachschub, stellt ständig Platten mit frischen Schnittchen und Obst auf den Tisch, obwohl niemand Hunger verspürt, und ist für Lena, Mats und mich die breiteste Mutterschulter, die wir in unserem Leben je erlebt haben. Ich liebe sie mehr als jemals zuvor. Vor allem für ihre Geduld, die sie Liams Eltern entgegenbringt.

Angus, Liams Pa, macht mich wahnsinnig. Wie er ununterbrochen seine Fingerknöchel knetet und knacken lässt, ich drehe fast durch dabei. Meine

Mutter spürt das und legt mir eine Hand auf die Schulter, wenn ich wieder mal kurz davon bin, zu explodieren.

Dieses Warten ist unerträglich. Ich muss irgendwas tun. Ich gehe in mein Zimmer. Zum hundertsten Mal schnappe ich mir mein Handy und rufe Carla an.

„Hey", meldet sie sich - wie immer.

„Hey", antworte ich - wie immer.

„Was Neues?" Sie klingt ängstlich.

„Nein."

Natürlich haben wir alles über Google recherchiert, was man über Google recherchieren kann. Fünfzig Prozent aller Vermissten tauchen in den ersten vierundzwanzig Stunden wieder auf. Liam ist jetzt zwei Tage verschwunden. Einige Vermisste findet man nie, bei anderen nach Jahren deren Leichnam. Wieder andere tauchen für Jahre unter, um dann unversehens vor der Tür der Eltern zu stehen.

Wird Liam wiederauftauchen?

„Wie war es in der Schule?"

Carla seufzt. „Herr Simon hat uns alle in die Aula gebeten und darüber informiert, dass Liam verschwunden ist. Es war ziemlich … komisch."

Simon ist unser Rektor.

„War Daniel auch da?"

„Nein, der ist noch nicht wieder aufgetaucht."

„Und Hannes?", frage ich unsicher.

„Ähm, der war da, wieso fragst du?"

„Nur so."

„Was hat Hannes mit Liams Verschwinden zu tun?"

„Keine Ahnung, schließlich sind wir einfach von seiner Party abgehauen, Liam und ich."

„Hast du das eigentlich den Bullen erzählt?" Carlas Stimme schraubt sich etwas in die Höhe.

„Sie haben nicht danach gefragt."

„Aber vielleicht ist das wichtig, Maryam!"

„Vielleicht, ich weiß nicht … "

Als es unten an der Haustür klingelt, schrecke ich zusammen. Im Flur gehen Mats und Lenas Türen gleichzeitig auf, die Türblätter knallen an die Rahmen, sie stürmen die Treppe runter.

„Ich ruf dich zurück", sage ich und beendete das Gespräch, dann renne ich ebenfalls nach unten.

Liams Eltern stehen im Flur und halten sich an den Händen. Es wirkt, als würden sie das nicht oft tun. Laura zittert am ganzen Körper. Sie tut mir so schrecklich leid. Meine Mutter hat geöffnet, aber es ist nicht die Polizei, die im Türrahmen steht.

Es ist Tobi. Was will der denn hier?

Als allen klar wird, dass es keine Neuigkeiten von Liam gibt, löst sich die Spannung. Laura fängt an zu weinen und Angus nimmt sie in den Arm. Meine Mutter führt die beiden ins Wohnzimmer, dann geht sie in die Küche. Um Kaffee zu kochen, nehme ich an.

Ich sehe Tobi an. „Was machst du denn hier?"

„Können wir kurz reden, Maryam?" Er nimmt seine Mütze ab, dann blickt er zu Lena und Mats. „Vielleicht in eurem Garten, oder so?"

Ich nicke nur, sehe meine Geschwister mit einem Gesichtsausdruck an, der sagen soll, dass ich keine

Ahnung habe, worum es geht, und gehe mit ihm raus.

In dem alten Apfelbaum hängt immer noch die Schaukel, auf der wir als Kinder geschaukelt sind. Ich gebe ihr einen Schups. Dann setzen wir uns an einen schattigen Gartentisch, etwas abseits unserer Terrasse. Im Hintergrund kann ich meine Mutter in der Küche werkeln sehen.

Tobias trägt ein schwarzes Shirt mit einem englischen Spruch darauf. Auf die Schnelle kann ich ihn nicht übersetzen, dafür ist er zu lang. Seine Jeans haben Löcher an den Knien. Mir fällt eine blasse Narbe auf, die sich über seine Stirn zieht.

„Ich weiß überhaupt nicht, ob das was zu bedeuten hat, aber der Direktor heute …" Tobi redet nicht weiter, sondern zuckt ratlos mit den Schultern.

„Ja?"

„Der hat was gesagt, was mir komisch vorkam."

„Was denn?"

Himmel, nun rede schon!

Tobias streicht sich eine Locke aus der Stirn. „Also, wie gesagt, ich weiß … "

Ich springe auf. „Hör mal, Tobi, wir befinden uns hier alle im absoluten Ausnahmezustand, mach mich nicht noch wahnsinniger, als ich sowieso schon bin!"

Er sieht erschrocken zu mir hoch. „Sorry, Maryam, daran habe ich nicht gedacht. Es geht um dein Handy."

„Mein Handy? Was ist damit?"

„Simon hat gesagt, dass Liam seit Dienstag verschwunden ist."

„Das stimmt, aber was hat das mit …?"

„Dienstagmorgen habe ich dein Handy gefunden …
"

„Du hast mein Handy gefunden?"

„Ja, ich wusste nicht, wann ich dir begegnen würde, deshalb habe ich es im Schulbüro abgegeben. Es steht ja dein Name drauf, aber ich kannte deinen Stundenplan nicht, und da dachte ich …"

„Schon gut." Der Gartenstuhl quietscht, als ich mich wieder hinsetze. „Wo hast du es denn gefunden?"

„Im Papierkorb auf dem Schulhof."

„Im Papierkorb?"

„Ja, kam mir echt spooky vor. Ich meine, dass jemand ein so teures Handy in den Papierkorb schmeißt." Er lächelt mich unsicher an.

„Das ist allerdings spooky."

„Du hast es also nicht selbst … ähm … entsorgt?"

„Spinnst du? Warum sollte ich?"

„Hab ich mich auch gefragt."

Ich sehe Tobi in die Augen. Sie sind schön, denke ich unpassender Weise. „Sag mal, hast du irgendeinen Verdacht?"

„Was? Nein, natürlich nicht, was denn für einen Verdacht?" Vermutlich fragt er sich, ob er gerade in etwas hineingerät, in das er lieber nicht geraten will. Ich stehe wieder auf, wenn ich stehe, kann ich besser denken. „Fassen wir zusammen: Da war diese Party bei Hannes. Ich verschwinde ziemlich früh mit Liam, der von da an bei uns wohnt."

„Warum eigentlich?", fragt Tobias neugierig.

„Was?"

„Warum ist Liam zu euch gezogen?"

„Ich glaube, dass ist jetzt egal. Jedenfalls wohnt Liam dann bei uns. Montags in der Schule werden wir von Daniel bedroht, und dann …"

„Bedroht, was meinst du denn damit?" Während ich Tobi erzähle, was sich Crazy Daniel auf dem Schulhof geleistet hat, und seine Augen immer größer werden, kommt meine Mutter mit einem Tablett voller Häppchen und Saft an unseren Tisch. Ich stoppe meinen Bericht.

„Danke, Mama, das ist Tobias, er geht auf meine Schule."

Meine Mutter lächelt nur, fragt, ob alles okay ist, und verschwindet wieder. Sie wollte nur mal kurz die Lage checken, nehme ich an. Könnte ja sein, dass Tobi ein Vergewaltiger oder Massenmörder ist. Ich kann ihr deshalb nicht böse sein, wir sind im Moment alle etwas paranoid.

Tobi guckt sich um. „Du hast es schön hier. Und deine Mutter ist sehr nett."

„Yep."

„Dann hast du ja das große Los gezogen."

„Das große Los?"

„Eine tolle Familie ist doch super."

Etwas in seiner Stimme lässt mich aufhorchen. „Bei dir läuft es nicht so toll?", frage ich beiläufig.

„Geht schon." Seine Augen verändern die Farbe, werden ein kleines bisschen dunkler, eine winzige Falte bildet sich auf seiner Stirn, direkt neben der Narbe.

Ich habe mir nie Gedanken darüber gemacht, wie es den anderen in meiner Schule geht. Außer natürlich Carla und Flora. Und in letzter Zeit Hannes.

Tobi trommelt unsicher auf dem Tisch herum, seine Fingerknöchel sind ganz weiß.

„Du spielst Cello im Schulorchester, oder?", versuche ich ihn abzulenken.

„Woher weißt du das denn?" Er blinzelt mich an, so als wäre ihm das peinlich.

„Hat mir Carla erzählt. Sie sagt, dass du sehr gut bist." „Quatsch." Tobi sieht sich um, so als suche er nach einem Fluchtweg. „Was ist das für ein Baum?", fragt er, statt zu fliehen, und deutet auf den Apfelbaum.

„Ähm, ein Apfelbaum, wieso?"

„Nur so. Ich muss dann mal. Wir sehen uns morgen?"

„Alles in Ordnung, Tobi?"

„Klar, alles bestens, bis morgen dann." Er winkt verlegen. Es ist eher ein Schlackern mit dem Arm.

„Ich weiß noch nicht, ob ich morgen komme." Ich winke verwirrt zurück. Dann ist er weg.

Als ich zurück ins Haus gehe, habe ich das unbestimmte Gefühl, etwas Wichtiges nicht gefragt zu haben. Aber mir will einfach nicht einfallen, was. Angus und Laura sitzen allein auf dem Sofa im Wohnzimmer, ich setze mich zu ihnen. Dann kratze ich meine gesamten Englischkenntnisse zusammen und frage sie ein bisschen aus. „Wann hat Liam denn das letzte Mal mit Euch telefoniert?"

„Montagmorgen", antwortet Laura und guckt mich mit geröteten Augen an, „warum fragst du?"

Statt eine Antwort zu geben, frage ich weiter. „Hat er euch erzählt, dass er zu uns gezogen ist?"

„Nein, kein Wort hat er gesagt. Wir haben es durch deinen Dad erfahren." Inzwischen wissen sie natürlich, warum ihr Sohn bei Daniel ausgezogen ist. „Dieser Daniel …", beginnt Angus und knetet seine Fingerknöchel, „ist er wirklich so ein böser Junge?"

Ich zucke mit den Achseln. „Keine Ahnung."

„Aber du kennst ihn doch." Das Knacken seiner Knöchel geht mir durch und durch. „Nicht besonders gut." Ich überlege, ob ich ihnen von der Begebenheit auf dem Schulhof erzählen soll, aber das würde sie nur noch mehr verwirren.

Laura fängt wieder an zu weinen.

„Hat die Polizei sich denn heute schon gemeldet?", frage ich, obwohl ich die Antwort kenne.

Angus sieht mich an. „Ich habe angerufen, es gibt nichts Neues. Immer noch nicht."

Ein Gedanke bohrt sich von meinem Unterbewusstsein ganz langsam an die Oberfläche, aber ich bekomme ihn noch nicht zu fassen. Er hat mit Tobi zu tun. Irgendwas hat er gesagt, was mir wichtig zu sein scheint. Aber ich komme einfach nicht drauf.

Natürlich hat die Polizei Liams Zimmer auf den Kopf gestellt. Er muss irgendwann in der Nacht einfach abgehauen sein. Ich will immer noch nicht glauben, dass etwas anderes dahinterstecken könnte, also frage ich weiter. „Ist Liam früher schon mal weggelaufen?"

Lauras geröteter Blick fixiert mich. „Nein, Mary (sie spricht meinen Namen englisch aus, was so klingt,

113

als würde sie nicht mich meinen), das ist er nicht. Und unser Junge ist auch jetzt nicht weggelaufen." Sie nimmt Angus´ Hand. „Es muss etwas Schreckliches passiert sein." Ich sehe ihren Tränen dabei zu, wie sie in kleinen Bächen die runden, geröteten Wangen hinab laufen. Mein Handy klingelt, also blicke ich entschuldigend zu den beiden und verlasse das Wohnzimmer. Bevor ich Floras Anruf annehme, hole ich einmal tief Luft, um die Angst, die im kompletten Wohnzimmer Einzug gehalten hat, abzuschütteln. Dann gehe ich ran.

„Hey Flora."

„Hey. Was Neues?"

„Nein, immer noch keine Spur."

„Das gibt es doch nicht, wo ist der Typ?"

„Das ist die große Frage."

Sie seufzt. „Hat Carla dir schon erzählt, dass Simon uns heute Morgen alle in die Aula geholt hat."

„Ja, hat sie. Und Tobi auch."

„Tobi?"

„Tobias Kramer, er war vorhin kurz hier."

„Warum das denn?"

„Er hat mir erzählt, dass er mein Handy gefunden hat." Noch während ich es ausspreche, fällt bei mir endlich der Groschen. „Flora!" Ich schreie es fast in das Handy.

„Was?" Es klingt, als würde sie den Atem anhalten.

„Wie blöd bin ich eigentlich? Verdammt!"

„Maryam, was ist los?"

„Mein Handy!"

„Was ist denn damit?" Flora steht genauso auf der Leitung, wie ich die letzten zwei Tage. Ich hole tief

Luft. „Mein Handy war genau in der Nacht nicht da, in der Liam verschwunden ist. Und Tobi hat es auf dem Schulhof in einem Papierkorb gefunden. Zufall?"

Flora atmet schwer. „Das ist allerdings …"

„Ich muss auflegen, Flora. Ich muss sofort checken, ob es in der Nacht irgendwelche Aktivitäten auf meinem Handy gab."

„Okay, ich bin in zehn Minuten bei dir. Carla bringe ich mit."

Ich beende das Gespräch und checke die Anrufliste. Nichts. Dann sehe ich mir den WhatsApp-Verlauf an. Nichts. Ich höre die Voicemail ab. Nichts. SMS. Nichts. Obwohl ich bestimmt seit einem Jahr keine Email mehr geschrieben oder bekommen habe, sehe ich mir auch den Account an. Nichts. Aber beweist das irgendwas? Kann jemand mein Handy benutzt und anschließend die Spuren gelöscht haben?

Mit klopfendem Herzen gehe ich runter und öffne die Haustür, ich möchte nicht, dass Laura und Angus durch Floras Klingeln erschrecken. Mats ist im Garten und wirft ein paar Körbe. Das hat er ewig nicht gemacht. Er trifft auch nicht gerade oft. Ich schlendere zum hinteren Teil unserer Garage, wo der Basketballkorb angebracht ist. „Hi."

Er wischt sich den Schweiß von der Stirn. Sein Shirt ist durchweicht. „Na, wie geht es?"

„Geht so. Sag mal, Mats, wenn jemand ein fremdes Handy benutzt hat, sagen wir um eine WhatsApp zu schreiben und das anschließend löscht, kann man das irgendwie wieder … sichtbar machen?"

„Keine Ahnung, wie kommst du denn darauf?"

Flora und Carla kommen auf ihren Rädern die Straße heranfahren. „Ach, nicht so wichtig." Ich gehe ihnen entgegen zur Einfahrt. Mats winkt meinen Freundinnen zu und wirft wieder seine Körbe. Dabei macht er allerdings wesentlich mehr Wind, als nötig wäre. Die Mädchen schließen ihre Räder an einen Laternenpfahl, dann gehen wir hoch in mein Zimmer.

„Ich bin immer noch davon überzeugt, dass Liam einfach abgehauen ist, aus welchen Gründen auch immer."

„Was ist mit deinem Handy?", fragt Flora.

„Nichts."

„Wie nichts?"

„Es hat geschlafen, während es verschwunden war. Keinerlei Aktivitäten."

„Was nicht viel bedeutet", meinte Carla, „man kann ja so einiges löschen."

„Ja schon."

„Tobi hat mein Handy im Papierkorb gefunden."

„Im Papierkorb, wie ist es denn da hingekommen?", fragt Carla alarmiert.

„Keine Ahnung."

Flora sieht mich an. „Maryam, das ist doch kein Zufall!"

„Aber was hat das alles zu bedeuten?"

Meine Freundin lässt sich schwer auf mein Bett fallen. „Wir können ja mal ein bisschen spekulieren." Sie macht eine bedeutungsvolle Pause. „Nehmen wir an, jemand hat dir am Montag in der Schule dein Handy geklaut. Dieser Jemand hat nachts Liam von deinem Handy aus eine Nachricht geschickt und ihn damit aus dem Haus gelockt. Liam dachte natürlich, die Nachricht sei von dir. Wäre doch möglich."

„Klar, Liam könnte gedacht haben, dass ich mit ihm reden will."

Carla springt auf. „Und dann wurde Liam vor eurem Haus ein Sack über den Kopf ..."

„Carla!"

„Könnte aber doch sein." Schmollend setzt sie sich wieder.

„Wir sind tolle Meisterdetektive", entgegne ich, dann werde ich wieder ernst. „Wir brauchen jemanden, der sich mit Handys auskennt. Jemand, der rausfinden kann, ob in der Nacht doch etwas über mein Handy gesendet wurde."

„Wir müssen zur Polizei gehen, die haben da doch Spezialisten", meint Flora.

„Die Spezialisten sitzen in irgendeiner Großstadt und es dauert drei Wochen, bis die das Ding untersucht haben", erwidere ich.

„Tobi!" Carla schnappt sich ihr Handy und hämmert wie wild darauf herum.

„Tobi was?", fragen Flora und ich gleichzeitig.

Carla beendet die WhatsApp und schickt sie ab. „Tobi ist ein super Cellospieler."

„Tolle Information, Carla." Ich sehe sie an und sie grinst. „Und ein Nerd."

„Aha, und was hast du ihm geschrieben?"

„Das er sofort kommen soll, natürlich." Ihr Handy gibt ein Signal und sie schaut drauf. „Er ist unterwegs." Sekunden später bekomme ich eine WhatsApp. Sie ist von Hannes. Nicht wichtig jetzt, beschließe ich.

„Wer schreibt?", fragt Flora.

„Hannes."

„Und?"

„Ich lese es später, ist jetzt nicht wichtig."

Carla guckt mich mit krauser Stirn an. „Ich würde sagen, im Moment ist alles wichtig, oder?"

Sie hat recht. Ich bitte sie, nach unten zu gehen und Tobi in Empfang zu nehmen, während ich Hannes Nachricht lese. Sie ist recht lang, doch dann kommt er endlich auf den Punkt. „Er will mich sprechen, es sei dringend." Ich schaue fragend zu Flora. „Was hat das jetzt wieder zu bedeuten?"

„Keine Ahnung." Sie zuckt mit den Schultern.

Dann hören wir Gepolter auf der Treppe. Tobi und Carla nehmen zwei Stufen gleichzeitig und stehen leicht außer Atem in der Tür. Tobi mit den blonden Locken und seinen lachenden Augen.

„Kommt rein." Ich schließe hinter ihnen ab und wende mich an Tobi. „Kannst du rausfinden, ob mein Handy in der Nacht von Montag auf Dienstag benutzt wurde?" Ich klinge wie eine Tatortkommissarin und ein bisschen fühle ich mich auch so. Tobi holt seinen Laptop aus dem Rucksack und fährt ihn hoch.

„Hannes will Maryam sprechen", sagt Flora an Carla gewandt. Ich sehe, wie Tobi zusammenzuckt. Und da fällt mir wieder ein, was er mir auf Hannes Party über das betrunkene Mädchen gesagt hat.

„Das ist ja ein Ding", meint Carla, „der Typ gibt ja nicht so schnell auf."

„Der Typ gibt exakt dann auf, wenn er erreicht hat, was er erreichen will", nuschelt Tobi in seinen Computer.

„Wie meinst du das denn?" Flora steht plötzlich kerzengerade da.

Tobias Kramer richtet sich auf und sieht mich an. Dann wandert sein Blick von Flora zu Carla und zurück zu mir. Er scheint zu überlegen, was er uns sagen kann und was nicht. Mein Herz klopft wie irre. Was weiß er über Hannes?

„Nun sag schon." Ich gebe ihm einen Stups in die Seite. Tobi räuspert sich, dann schüttelt er entschieden den Kopf und beugt sich über seinen Rechner. „Gib mir mal das Handy." Wir Mädchen sehen uns an. Das hier ist wichtig, sagen unsere Blicke. Sehr wichtig.

„Tobi?" Carlas Stimme ist ebenso sanft wie energisch.

Er knurrt etwas in seinen Laptop und massakriert die Tastatur. „Ohne das Handy kann ich ja wohl schlecht checken, ob es benutzt wurde."

Carla geht zu ihm und legt ihm eine Hand auf die Schulter. „Du musst uns alles sagen, was du weißt." Sie macht eine theatralische Pause. „Es geht um Leben und Tod", flüstert sie dann und ich muss mir auf die Lippen beißen, um nicht laut loszulachen. Wann hat meine Freundin bloß diesen Drang zum Drama entwickelt?

Tobias richtet sich wieder auf und seufzt schwer. Dann deutet er auf mein Bett. Das soll wohl bedeuten, dass wir uns setzen sollen, was wir brav tun. Tobi sitzt auf meinem Schreibtischstuhl und mir wird bewusst, dass wir vor fünf Tagen in genau der gleichen Konstellation hier gesessen haben. Mit Liam statt mit Tobi.

Nur dass das, was Liam uns letzten Samstag erzählt hat, eine lächerliche Kleinigkeit war im Vergleich zu dem, was Tobi uns jetzt erzählt.

Mit jedem Satz, den er sagt, legt sich eine feine Eisschicht auf meine Haut. Ich sitze nur da und starre fassungslos in sein Gesicht, während die Eisschicht dicker wird und mich schließlich ganz umschließt.

Ein fast perfekter Plan

Ich kann unmöglich so tun, als wüsste ich nicht, was er wirklich von mir will. Meine Beine zittern, meine Hände zittern, mein ganzer Körper scheint in einer Art Fiebertraum zu stecken. Wie soll ich das durchhalten?

Wir stehen in der Einfahrt vor unserem Haus. Ich sehe zu meinen Freundinnen. Flora ist blass und schaut mich unsicher an. Carla wedelt mit ihrem Handy. Das soll heißen, dass wir in ständigem Kontakt stehen und sie jederzeit Hilfe rufen können. *Wenn es brenzlig wird.*

Tobi nickt aufmunternd, kommt auf mich zu und nimmt mich in den Arm. Er hält mich einen Moment ganz sanft fest, dann drückt er mich an sich und flüstert „pass auf dich auf" in mein Ohr.

Ich nickte beklommen. Wir checken alle noch mal unsere Handys. Akkus aufgeladen, WhatsApp-Chat geöffnet. Sobald es kritisch wird, schreibe ich ihnen den Ort, an dem ich mich befinde. Einfach nur den Ort - und meine Freunde sind da. So ist die Verabredung.

Mir kann nichts passieren. Mir kann nichts passieren. Mir kann nichts passieren.

Hannes sitzt auf der Bank. Ein Bein locker über das andere gelegt.

Ich sage nur schnell *Hey* und beschäftige mich mit dem Abschließen des Rades, während sich mein Puls zu beruhigen versucht. Es gelingt ihm sogar.

Als ich mich wieder aufrichte, bin ich ein normales Mädchen, das ihr Fahrrad abgeschlossen hat und einen Jungen trifft, der sie um ein Gespräch gebeten hat.

Hannes steht auf und lächelt mich an. „Hallo, Maryam Landmann."

Ich lächle zurück. „Maryam reicht."

„Maryam Landmann finde ich besser."

„Na dann."

Er nickt mir kurz zu und wir setzen uns in Bewegung.

„Du wolltest mich sprechen?", frage ich so beiläufig wie möglich, bekomme aber keine Antwort. Wir gehen schweigend weiter. An dem kleinen See füttert eine ältere Frau Enten, zwei Männer laufen mit ihren Hunden an uns vorbei. Wir gehen weiter Richtung Wald, der direkt am Stadtpark beginnt. Irgendwie fühlt es sich nicht nach einem *boy-meets-girl-Spaziergang* an.

„Nun sag schon, was du mir sagen willst, Hannes."

„Gleich." Wir bewegen uns noch ein ganzes Stück weiter, ohne dass gesprochen wird.

„Wohin gehen wir überhaupt?" Ich hoffe, dass man meiner Stimme die Unsicherheit nicht anmerkt.

„Wir sind gleich da."

Mir wird mulmig. Ich habe schon länger niemanden mehr gesehen. Ist das jetzt der Moment, von dem wir vor einer halben Stunde gesprochen haben? Meine Freunde und ich. Sollte ich jetzt stehen bleiben und ihnen meinen Standort durchgeben? Aber was schreibt man da? *Irgendwo im Stadtpark?*

Dass wir im Stadtpark verabredet sind, wissen sie selbst.

Ich bleibe stehen. „Du sagst mir jetzt einfach, was du von mir willst, okay?"

„Gleich, Maryam, wir müssen nur noch … "

„Wir müssen überhaupt nichts!" Meine Stimme ist jetzt glasklar und scharf wie ein Messer.

Er guckt mich erstaunt an. Seinen Blick kann ich nicht einordnen. Ist das Berechnung? Ich beginne zu zittern und taste nach meinem Handy. Jetzt! Doch bevor ich auch nur ein Zeichen schreiben kann, hat er sich mit der einen Hand das Telefon geschnappt, während seine andere mich am Arm packt. Ich unterdrücke einen Schrei und sehe ihm in die Augen. „Was soll das?"

„Wirst du gleich sehen." Er zieht mich mit sich und ich überlege zu schreien, aber es kommt mir so absurd vor. Ich bin doch nicht plötzlich zur Hauptdarstellerin eines verschissenen Netflix-Thrillers mutiert.

„Hannes! Was soll das?", keuche ich.

„Wirst du gleich sehen, sagte ich doch schon." Er klingt gehetzt und zieht mich weiter. Da beginne ich zu schreien.

Hannes sieht mich erschrocken an und legt mir eine Hand auf den Mund. „Maryam, bitte nicht."

Ich mache mich von ihm los und will wegrennen, aber er hält mich fest. „Wir sind gleich da."

Er will mich weiterziehen, aber ich rühre mich nicht vom Fleck. Es fühlt sich an, als sei ich mit dem Boden unter meinen Füßen verwachsen. „Wo?", zische ich. Meine Angst ist verschwunden.

Er blickt verwirrt.

„Wir sind gleich wo?", wiederhole ich.

„Wir sind gleich da."

„Wohin willst du mich bringen? Warum hast du mir mein Handy weggenommen? Was geht hier gerade ab, verdammt?" Es sprudelt nur so aus mir heraus, während sich ein ganz neuer Gedanke in mir breit macht.

Was weiß ich eigentlich wirklich? Nur das, was Tobi uns erzählt hat. Aber ist das überhaupt wahr? Ich kenne ihn ja kaum. Hat er mein Handy wirklich in einem Papierkorb gefunden? Wie kann ich sicher sein, das Tobis Geschichte wahr ist?

Hannes schüttelt leicht den Kopf, er wirkt unsicher. Dann holt er mein Handy aus seiner Hosentasche und gibt es mir zurück. „Ach Maryam."

„Was?", fauche ich und sehe auf mein Handy. Keine neuen Nachrichten. Wie vereinbart. Ich soll mich melden. Wenn es brenzlig wird. Ist es jetzt *brenzlig*? In der Ferne sehe ich einen Jogger, das gibt mir etwas Sicherheit. Jedenfalls sind wir nicht ganz alleine.

„Ich will doch nur … " Hannes hebt die Schultern.

„Was willst du?" Verstohlen sehe ich mich um, der Jogger ist verschwunden.

„Ich will dich doch nur zu Liam bringen."

Mir stockt der Atem. „Du weißt wo Liam ist?"

„Ja, weiß ich."

„Verdammt, wo ist er? Geht es ihm gut?"

Hannes streicht sich schweigend eine Haarsträhne aus der Stirn und schaut mir in die Augen. Dann nickt er langsam. „Ja, es geht ihm gut."

„Wo ist er?"

„Wir gehen zu ihm." Er lächelt mich unsicher an. „Wenn es okay ist?"

Ich überlege fieberhaft. Hannes will mich zu Liam bringen. Dann nicke ich.

Wir gehen weiter. Am Ende des befestigten Weges geht es in den Wald. Wir gehen direkt darauf zu.

„Wo genau ist Liam?" Meine Stimme ist nicht ganz so fest, wie ich es mir gewünscht hätte.

Hannes macht eine etwas unbestimmte Geste Richtung Wald. Ich weiß nicht, was ich tun soll. Meine Freunde verständigen oder Liam da rausholen und mit ihm zusammen zurück zu den anderen gehen? Dann wäre ich für lange Zeit die Heldin der Schule. Und Laura und Angus würden mich feiern.

Ich werde langsamer.

Hannes nimmt meine Hand. „Wir sind fast da, Maryam." Es klingt so harmlos. Trotzdem schnürt es mir mit jedem Schritt mehr die Kehle zu.

Als wir den Wald betreten, klopft mein Herz wie verrückt. Aber ich habe mein Handy. Hannes hat es mir zurückgegeben. Freiwillig.

Mir kann nichts passieren. Mir kann nichts passieren!

Er hält immer noch meine Hand und steuert auf das Forsthaus zu, das friedlich auf einer Lichtung steht. Es ist schon seit Jahren verlassen und recht baufällig.

Ist Liam dort?

„Wir gehen also zu dem Forsthaus?"

„Ja."

„Und dort ist Liam?"

„Ja."

„Seit mehr als zwei Tagen?"

„Ja."

„Geht es vielleicht etwas ausführlicher, Hannes?"

„Wir sind ja jetzt da." Er zückt einen Schlüssel. Erst jetzt bemerke ich die dicke Eisenkette, mit der die Tür gesichert ist. Was haben sie mit Liam gemacht, verdammt?

Eine Wolke schiebt sich vor die Sonne, plötzlich ist es fast dunkel. Mich fröstelt. Ich sehe zurück zum Stadtpark, es sind nur ein paar Hundert Meter.

Hannes schließt das Schloss auf und nimmt die Kette ab. Mit einem Quietschen schwingt die Tür auf, während ich sanft in das kleine Haus geschoben werde.

Als erstes nehme ich Staub wahr. Jede Menge Staub. Auf dem Tisch, auf den Stühlen, auf der alten Kommode. Selbst der Boden ist mit einer feinen Staubschicht bedeckt. Und dann schießen mir zeitgleich zwei Gedanken durch den Kopf. ´Hier war schon länger niemand mehr´, gefolgt von ´du sitzt in der Falle´. Mein Handy steckt in der Gesäßtasche meiner Jeans. Hannes wischt mit einem Tempo Staub von einem Stuhl. Ob ich unbemerkt eine Nachricht absetzen kann? Er guckt zu mir rüber und bittet mich mit einer Geste, mich zu setzen.

Ich verschränke die Arme vor der Brust.

„Setz dich, Maryam." Er sagt es ruhig, aber bestimmt. Die Tür nach draußen ist offen, aber zwischen ihr und mir steht ein Hindernis. Hannes. Er sieht mich schweigend an und deutet noch einmal auf den Stuhl. Ich schaue zurück und bleibe, wo ich bin. Draußen wird es dunkel. Ob es hier Strom gibt?

Es riecht komisch. Nach trockenem Staub und noch etwas anderem. Schimmel? Fäulnis? Vielleicht liegt irgendwo eine tote Ratte. In der Dämmerung erkenne ich kaum etwas. Ich kann nicht mal sehen, ob das der einzige Raum in dem Haus ist.

Hannes geht zur Tür, schließt sie und dreht an einem Schalter. Eine Lampe geht an und wirft ein diffuses Licht auf den Stuhl. Es gibt also Strom. In einer Ecke steht ein altes, vergammeltes Sofa. Ich beginne zu zittern. Ich muss mich zusammenreißen, auf keinen Fall darf Hannes die Oberhand über mich gewinnen. Wieviel Zeit mir wohl noch bleibt? Ich hole mein Handy aus der Tasche.

„Steck es zurück!" Ich beginne zu tippen. „Sofort!" Ich lasse es wieder in meine Hosentasche gleiten, bevor Hannes es mir wegnehmen kann.

„Sieht nicht so aus, als wäre Liam hier", stelle ich ruhig fest.

Er antwortet nicht.

„Und er war auch nie hier."

Schweigen.

„Also gibt es einen anderen Grund, warum du mich hierhergebracht hast." Woher nehme ich die Ruhe, mit der ich diese Worte ausspreche? Obwohl mein Herz rast und mein Magen mehr und mehr zu einem steinernen Klumpen wird.

Hannes dreht mir den Rücken zu und tippt etwas in sein Handy. Die Zeit wird knapp. Ich weiß, dass ich schnell hier wegmuss, spanne alle meine Muskeln an und fixiere die Tür.

„Denk nicht mal dran", sagt er ruhig und dreht sich zurück zu mir. Dann kramt er in seinem Rucksack und holt eine Flasche Wasser heraus. Er reicht sie mir. „Trink einen Schluck."

Ich schüttle den Kopf, verschränke die Arme über der Brust und sehe ihn herausfordernd an. „Willst du mir denn gar nicht sagen, was diese Show hier zu bedeuten hat?"

„Trink!"

Seine Augen flackern unsicher.

Ich brauche eine Strategie! Mit einer guten Strategie komme ich hier vielleicht ohne größeren Schaden wieder raus. Nur fällt mir keine ein. Und die Zeit drängt.

Ich sehe Hannes fest in die Augen. „Du bist also der miese, kleine Handlanger für deine Proletenkumpels", sage ich. An seinem Blick sehe ich, dass ich richtig liege. „Na, das wundert mich nicht."

„Wovon redest du überhaupt?"

Ich muss lachen. Ein bitteres Lachen. „Für wie blöd haltet ihr uns eigentlich?"

„Wer? Wen?"

„Hannes Westphal! Für wie blöd haltet ihr … ?, ich tue so, als würde ich ernsthaft nachdenken, „ … ihr hormongesteuerten Zombies uns Mädchen eigentlich?"

„Du solltest einfach ruhig sein, Maryam."

„Und wenn nicht?", fauche ich.

„Dann …" Er zögert. Wir hören beide das Geräusch. Vor der Tür ist jemand.

Das Zittern, das sich die letzten Minuten gelegt hatte, nimmt wieder Besitz von mir. Mein Herz schlägt hart, der Klumpen in meinem Magen brennt wie Feuer. Ich höre ein leises Pfeifen.

Sie sind da!

Hannes zuckt zusammen, sieht zu mir, dann zur Tür.

„Na los, mach ihnen auf, Hannes", sage ich so ruhig ich kann, „das ist doch dein Job, oder?"

Das Pickelgesicht, der Dicke und
das Pimkie-Model

Sie sind zu dritt. Daniel und zwei Typen, die ich noch nie zuvor gesehen habe. Sie wirken schmierig. Noch schmieriger als Daniel. Mir wird schlecht, aber ich versuche, mir nichts anmerken zu lassen. Mit gelangweiltem Gesicht sehe ich die Jungs an. Daniel blickt fragend zu Hannes, der weicht seinem Blick aus.

„Warum ist sie nicht ... ?", nuschelt einer der Typen und steckt sich umständlich eine Zigarette an. Er ist dünn, hat fettige, schlecht geschnittene Haare und Klamotten, die er im Ausverkauf bei Pimkies erstanden haben muss. Grasgeruch erfüllt den Raum.

„Halt die Fresse!", zischt Daniel ihn an, schnappt sich den Joint und nimmt einen tiefen Zug.

„Warum bin ich nicht was?", frage ich ruhig und blicke dem Pimkie-Model in die Augen.

Hannes gibt Daniel irgendein Zeichen, das ich nicht deuten kann, dann wendet er sich zur Tür. Ich überlege fieberhaft. Irgendwie fühle ich mich sicherer, solange er im Raum ist, auch wenn ich nicht genau sagen kann, warum.

„Hey, Hannes, du willst doch nicht etwa schon gehen?" Er dreht sich langsam um und sieht mich an. In seinem Blick lese ich ... eine Entschuldigung? Ich weiß es einfach nicht.

„Die Party hat doch noch gar nicht begonnen. Willst du mich wirklich mit diesen drei ausgesucht

attraktiven und charmanten Jungs allein lassen?" Ich
schüttle den Kopf wie eine Mutter, die ihr Kind
tadelt. „Das ist aber nicht nett von dir." Er zögert
einen Moment, will noch etwas sagen, verlässt aber
nach einem weiteren Blick zu Daniel den Raum.

Die Temperatur scheint von einer Sekunde zur anderen um ein paar Grad zu fallen. Der dritte Typ schnappt sich die Wasserflasche und kommt auf mich zu. Er hat kurze, dicke Beine und ein pausbackiges Gesicht. Seine lächerliche Blousonjacke mit Drachenmotiv verbirgt die Wampe nicht, die sich über dem Hosenbund ergießt.

„Du trinkst das jetzt!" Er lispelt! Obwohl alles in mir im Fluchtmodus ist, kann ich ein Grinsen nicht unterdrücken. „Und hör auf so blöd zu grinsen."

„Jetzt gib ihr endlich das Wasser, verdammt!", ruft Daniel. Ich höre Panik in seiner Stimme. Dicki versucht, mir die Wasserflasche an den Mund zu halten, ich gebe ihm einen Stoß, so dass er auf seinem dicken Hintern landet.

„Verdammt!" Daniel ist jetzt bei mir, packt mich brutal am Arm und sieht mich kalt an. Sein Blick sagt mir glasklar, dass das hier kein Scherz ist. Kein Witz unter Schulfreunden. Das hier ist sein Abend und er hat nicht vor, sich den Spaß verderben zu lassen.

„Du wirst jetzt das verdammte Wasser trinken", sagt er mit schneidender Stimme.

„Und wenn nicht?"

„Du wirst es trinken, Fotze!", zischt er. Seine Stimme lässt mich erschaudern. Der Dicke hat sich wieder aufgerappelt und kommt mit der Flasche zu uns. Daniel schnappt sie sich und hält sie mir an den Mund. Ich presse die Lippen zusammen.

„Trink, du blöde Sau!"

Ich trete so fest ich kann gegen Daniels Schienbein. Höre ihn aufheulen. Für einen winzigen, naiven Augenblick denke ich, es ist vorbei. Dann trifft mich seine Faust mitten ins Gesicht. Bevor es dunkel wird, höre ich noch das Knacken brechender Knochen.

Jemand jagt eine Ladung Rasierklingen durch meinen Kopf. Sie bahnen sich ihren Weg durch Adern, Venen und Nervenstränge bis ins Gehirn. Zerlegen es in tausend Stücke. Sezieren es bis in die kleinste Windung, schneiden und schneiden. Es tut so weh.

„Bist du irre?", höre ich eine weit entfernte Stimme. Ich schmecke Blut, fühle unendliche Schmerzen. Bitte jetzt nicht wach werden. Bitte, bitte nicht.

„Was sollen wir denn jetzt tun?", fragt jemand.

Woher soll ich das wissen?, will ich antworten. Aber es kommt nur ein Gurgeln aus meinem Mund.

„Wir müssen abhauen."

„Wir müssen sie entsorgen."

„Wie meinst du das? Ich will hier weg, verdammt."

Ich will einfach nur hier liegen, verdammt.

Der Schmerz lässt etwas nach. Vorsichtig öffne ich ein Auge. Ich liege auf einem Holzboden. Er ist hart. Und staubig. Das Forsthaus! Ich bin in diesem verfluchten Forsthaus. Zusammen mit drei durchgeknallten Typen. Einer davon Crazy Daniel.

„Lass uns endlich abhauen!" Das ist die Stimme von dem Dicken.

„Und die Fotze?" Daniel.

„Lassen wir hier, was denn sonst?"

Ja, bitte, haut ab. Haut einfach ab und lasst mich hier.

„Damit sie uns verpfeift? Bist du verrückt geworden!"

„Und was wäre dein Plan, wenn ich fragen darf?" Würde mich auch interessieren. Ich habe mein Auge wieder geschlossen.

„Wie schon gesagt, wir müssen sie entsorgen." Mein Kopf fühlt sich an, als hätte ihn jemand in einen Schraubstock gespannt.

„Wie meinst du das?" Das wollte ich auch gerade fragen. Ob ich mich bewegen kann? Vorsichtig hebe ich den Arm. Es geht. Dann lasse ich ihn schnell wieder fallen.

„Sie kommt zu sich! Verdammt, was machen wir jetzt?" Die Stimme des Dicken klingt panisch. Ich bewege mich nicht mehr. Spüre, wie jemand zu mir kommt und auf mich herabblickt. Spüre mein Herz, wie es wild gegen meine Brust hämmert. Meinen Kopf, in dem die Rasierklingen weiter mein Gehirn sezieren.

„Die ist noch weg." Das ist Daniel. Was wird er jetzt mit mir machen? Nummer zwei kommt nun auch und glotzt auf mich herunter. „Komm, Dani, wir hauen ab." Es klingt, als würde er Crazy Daniel beruhigen wollen. Aber ließ der sich beruhigen?

„Um in den Bau zu gehen? Hast du sie noch alle?" Mein Handy vibriert, ich versuche, nicht zusammenzuzucken. Für einen Moment herrscht Schweigen.

„Wir haben doch gar keine andere Wahl. Oder willst du etwa einen Rettungswagen rufen?", fragt Daniel. Unsicheres Lachen. Das ist der mit den billigen Klamotten und den fettigen Haaren. Das Pimkie-Model.

Wäre doch gar keine schlechte Idee, das mit dem Rettungswagen.

„Wir müssen sie töten."

Ein Crazy Daniel lässt sich nicht so schnell von etwas abbringen, denke ich und bleibe seltsam unbeteiligt.

„Komm, Kumpel, das ist nicht dein Ernst?" Wieder dieses unsichere Lachen.

„Du ziehst ihr jetzt einfach die Wasserflasche über den Schädel und dann hauen wir ab." Es klingt wie ein Befehl.

„Ich? Ganz sicher nicht!"

„Ganz sicher doch!" Daniels Stimme ist schneidend wie eine Glasscherbe.

Ich liege am Boden und höre den Verhandlungen zu. Irgendwas sagt mir, dass ich etwas tun müsste. Aber was? Ich weiß ja nicht mal, ob ich aufstehen könnte. Wieviel Zeit ist überhaupt vergangen? Wie lange war ich nicht bei Bewusstsein?

Dann wird es plötzlich hektisch über mir. Ich höre Schreie. Die Rasierklingen schneiden tiefer in mein Gehirn. Mein Herzschlag dröhnt durch den ganzen Raum. Ich stöhne auf. Schmecke wieder Blut.

„Scheiße!", schreit jemand. Ich glaube, es ist der Dicke. Dann verliere ich wieder das Bewusstsein.

Etwas streicht über meine Wange.

„Großer Gott, Mary", flüstert es. Die Stimme kenne ich doch. Wer ist da? Was ist mit meinem Kopf los? Er tut so weh.

„Prinzessin." Ich höre ein ersticktes Schluchzen.

Prinzessin?

Ich öffne vorsichtig ein Auge. Jemand kniet neben mir und streichelt mein Gesicht.

„Psst, ganz ruhig. Der Krankenwagen ist gleich da."

Mein Papa! Wie kommt der denn hierher?

Ich will den Kopf heben.

„Psst, Prinzessin, ganz ruhig, alles wird gut, das verspreche ich dir." Er weint.

Und du schmeißt die Typen in den tiefsten Brunnen unseres Königreichs, denke ich absurderweise. Ich will etwas sagen, es kommt aber nur ein merkwürdiges Gurgeln heraus. Hinter meinem Vater bewegt sich etwas. Daniel, schießt es mir durch den Kopf, ich will mich aufsetzen.

„Bleib ganz ruhig liegen, Mary, bitte."

„Dani ...", flüstere ich. Es gurgelt so komisch in meinem Mund.

„Alles ist gut." Er streichelt weiter mein Gesicht.

Ich muss ihn warnen! Die Typen sind noch hier!

„Crazy ..." Hinter meinem Vater bewegt es sich wieder. Gleich werden sie ihn niederschlagen. Ich muss mich aufrichten! Mein Vater drückt mich energisch zurück auf den Boden. Jemand legt etwas unter meinen Kopf. Ich sehe einen Arm. Das ist doch …

„Bleib einfach ruhig liege, die Typen sind weg, aber die kriegen wir schon." Carla! Carla ist hier!

Dann höre ich ein Martinshorn. Wenig später erleuchtet Blaulicht den Raum. Ich schließe die Augen, jemand betastet mein Gesicht. Ein heißer Schmerz durchfährt mich. Dann sticht etwas in meine Armbeuge, kurz darauf lässt der Schmerz nach. Ich öffne ein Auge. Was ist mit dem anderen, warum geht es nicht auf? Ich sehe von Carla zu meinem Vater. „Was macht ihr denn hier?" Meine Stimme klingt, als hätte ich einen Hamster im Mund. Mein Papa sieht mich mit feuchten Augen an.

„Sie ist transportfähig", sagt ein weißer Mann. Ich werde auf eine Trage gelegt. Oder nennt man das Bahre? Warum denke ich das überhaupt?

„Moment bitte!" Eine neue Stimme mischt sich ein. Jemand beugt sich über mich. Ein Polizist. „Können Sie mir ein oder zwei Fragen beantworten?"

Ich nicke, aber ich weiß nicht, ob man das sehen kann.

„Das hat doch Zeit", schimpft der weiße Mann, „wir müssen so schnell wie möglich ins Krankenhaus."

„Genau", sagt mein Vater.

Der Polizist lässt sich nicht beirren. Er nimmt vorsichtig meine Hand. „Wer hat Ihnen das angetan?", fragt er sanft.

„Liam ist nicht hier", antworte ich. Er kräuselt die Stirn. „Wer ist Liam?"

Mein Vater mischt sich ein. „Ich kann Ihnen das erklären, aber lassen Sie meine Tochter jetzt bitte ins

Krankenhaus." Der Polizist nickt, aber ich sehe ihm seine Unzufriedenheit an. Während ich aus dem Raum geschoben werde, fällt mir was ein. Es ist wichtig. Irgendwas muss ich noch mitnehmen.

„Das Wasser", flüstere ich. Mein Vater blickt sich um, dann findet er die am Boden liegende Flasche.

„Hast du Durst?" Er dreht die Flasche auf.

„Nein, der Polizist ..." Ich kann nicht richtig sprechen. Es schmeckt immer noch alles nach Blut. Mein Vater sieht mich fragend an.

„Die Polizei braucht das", quetsche ich hervor, während ein schmerzhafter Blitz durch meinen Kopf schießt. Die Stirn meines Vaters legt sich in Falten, dann übergibt er die Flasche dem Polizisten, der mich ebenfalls fragend ansieht.

„Da ist was drin", kann ich gerade noch sagen, dann werde ich in den Krankenwagen gehoben. Mein Vater fährt mit. Papa telefoniert während der Fahrt mit Mama. Er ringt immer wieder mit den Tränen. Nachdem er das Gespräch beendet hat, sehe ich ihn an. „Ich wusste gar nicht, dass du so eine Heulsuse bist", nuschle ich. Eine Sekunde schaut er erstaunt, dann zaubert sich ein Lächeln auf sein Gesicht. „Wir sind gleich da, meine Kleine." Er streichelt meine Hand.

„Wie habt ihr mich denn ...?" Mehr kann ich nicht fragen, denn der Wagen kommt zum Stehen. Das Martinshorn verklingt mit einem komischen Echo. Dann wird die Tür aufgerissen und man schiebt mich ins Krankenhaus. Der Geruch von Putzmittel und etwas Scharfem schlägt mir entgegen. Ich kann also noch riechen. Mein Vater ist an meiner Seite und hält meine Hand. „Alles wird gut, Prinzessin."

Klar wird alles gut, ich bin ja in Sicherheit, will ich sagen, aber da beugt sich ein wahnsinnig gutaussehender Mann über mich. „Hallo, ich bin Dr. Aydin. Wie fühlen Sie sich?"

Bei Ihrem Anblick gleich viel besser, will ich ihm antworten, lass es aber. „Geht."

„Was ist denn mit Ihrem hübschen Gesicht geschehen?"

„Ein Faustschlag", nuschle ich. Ich habe immer noch einen Hamster im Mund.

„Na, ich hoffe, den Gegner hat es ähnlich schwer erwischt."

Ich muss lachen, es klingt grauslich.

„Sonst noch andere … ähm … Verletzungen?"

Ich kann in seinem Gesicht lesen, was er meint. „Nein."

Er zeigt mir drei seiner Finger. „Wie viele Finger sehen Sie?"

Ich überlege, ob das eine Verarsche sein soll, antworte dann aber wahrheitsgemäß. Er scheint mit meiner Antwort zufrieden und notiert etwas auf einem Zettel. Dann leuchtet er mir mit einer kleinen Lampe in die Augen, was einen schmerzhaften Blitz in meinem Gehirn auslöst. Ich zucke zusammen.

„Sehr gut", meint Dr. Aydin und drückt vorsichtig auf meine Nase, was eine ganze Armee von schmerzhaften Blitzen in mein Gehirn jagt. Ich stöhne auf.

„Seien Sie doch vorsichtig!", höre ich meinen Vater schimpfen.

„Tut mir leid, wenn es weh getan hat", sagt Dr. Aydin und sieht mich zerknirscht an. Dann befühlt er meinen Kopf. „Bis auf die Nase scheint alles in Ordnung zu sein, aber wir machen vorsichtshalber ein MRT."

„MRT? Was ist das?", fragt Papa.

Der Arzt fummelt weiter an meinem Kopf rum. „Kernspintomographie. Ich will sicher sein, dass es keine inneren Blutungen gibt."

Mein Vater zieht scharf die Luft ein. „Kann das denn sein?"

Der Arzt richtet sich auf. „Das ist Routine, machen Sie sich keine unnötigen Sorgen, Herr … ?"

„Landmann."

„Herr Landmann, wir bringen Ihre Tochter jetzt in den Untersuchungsraum, es dauert ungefähr eine Stunde. Sie können so lange hier warten, wenn Sie wollen."

„So lange?", frage ich und Panik macht sich in mir breit.

„Es wird nicht wehtun, keine Sorge." Der Arzt tätschelt meine Hand, zwinkert aufmunternd, dann ist er weg.

Kurze Zeit später werde ich von einer Krankenschwester in einen anderen Raum geschoben. Da liege ich blöd rum und warte, dass es weitergeht. Lange Zeit passiert nichts. Mittlerweile ist bestimmt auch meine Mutter im Krankenhaus eingetroffen. Und Lena und Mats. Sie machen sich sicher große Sorgen um mich. Dabei geht es mir eigentlich ganz gut. Vielleicht, weil ich mit Schmerzmittel vollgepumpt bin.

Dann kommt die Krankenschwester endlich wieder in den Raum, entfernt den Beutel, der etwas in mich hineinträufeln lässt, und schiebt mich in den nächsten Raum. Darin steht ein riesiges, angsteinflößendes Monstrum, das aussieht, als wolle es mich verschlucken.

„So, junge Frau, da schieben wir Sie nun rein und gucken uns Ihren Kopf von innen an."

Toll, denke ich.

Sie tut es wirklich. In dem Monstrum bekomme ich Panik.

„Ganz ruhig liegen bleiben", höre ich eine Stimme, die jetzt aus einem Lautsprecher kommt.

Sehr witzig.

„Es wird etwas laut, nicht erschrecken." Es wird nicht *etwas laut*, es wird *brüllend laut*. Mein Kopf droht zu zerspringen. Ich halte es kaum noch aus, da ist es plötzlich vorbei.

„Schon geschafft", sagt die Lautsprecherstimme, die ich als die der Krankenschwester identifiziere. Erleichtert atme ich aus, während ich wieder aus dem Monstrum gefahren werde.

„War doch gar nicht so schlimm, oder?", flötet die Frau gut gelaunt.

„Geht schon."

Sie schiebt mich wieder in den ersten Raum und da liege ich und warte. Es kommt mir vor, als würde ich Stunden dort liegen, ohne dass irgendwas passiert. Die Decke ist auch nicht sonderlich interessant. Dann geht endlich die Tür auf und der attraktive Arzt ist wieder bei mir. Wie hieß der noch gleich? Dr. Aisan? Keine Ahnung.

„So, dann wollen wir uns das mal anschauen", sagt er und schnappt sich etwas, das am Fußende des Bettes befestigt ist. Er schaut mit konzentriertem Blick auf die Ausdrucke. Mein Herz beginnt zu hämmern. Er schaut da schon ziemlich lange drauf. „Stimmt was nicht?"

Er lächelt. „Ich hole mal eben Ihre Eltern." Dann ist er aus dem Zimmer. Etwas stimmt nicht, das habe ich in seinem Blick gesehen. Mir schnürt es den Hals zu, meine Schläfe beginnt zu pochen. Etwas in meinem Mund schmeckt komisch. Ich sehe an die Decke und versuche, die aufkommende Panik zu unterdrücken, als die Tür auch schon wieder aufgeht.

Meine Mutter kommt mit schnellem Schritt zu mir und küsst meine Stirn. „Maryam."

Ich sehe sie an. Weiß sie mehr als ich? Von einem Blutgerinnsel in meinem Gehirn, dass mich innerhalb der nächsten Stunden töten wird, zum Beispiel? Aber in ihrem Blick erkenne ich nichts als Erleichterung. „Mats und Lena sind draußen, sie lassen herzlich grüßen."

„Warum sind sie nicht mit reingekommen?" Weil der Arzt ihnen die Diagnose nicht zumuten will?

„Weil es hier dann etwas eng werden würde", antwortet der Arzt und nimmt sich wieder die Ausdrucke zur Hand. „Es sieht alles sehr gut aus", sagt er und es dauert eine Sekunde, bis mir ein Stein, groß wie ein Fels, vom Herzen fällt. Er schaut mich an. „Wir müssen uns jetzt noch um Ihre Nase kümmern und sie sollten ein, zwei Tage zur Beobachtung hierbleiben."

„Was ist mit dem Blutgerinnsel?", frage ich und komme mir im gleichen Moment komplett dämlich vor.

Der Arzt zieht die Stirn kraus, was ihn noch attraktiver macht.

„Kein Blutgerinnsel?"

„Wir haben uns große Mühe gegeben, eines zu finden, aber weit und breit nichts."

„Und was ist mit der Nase unserer Tochter?", mischt meine Mutter sich ein.

„Die ist gebrochen."

„Oh Gott."

„Das ist nicht so schlimm, wie es sich anhört. Da kommt ein Verband drauf und dann wächst das alles ganz hübsch zusammen." Er lächelt meinen Eltern zu, dann wendet er sich wieder an mich. „Es kommt gleich eine Schwester, die Sie zum Verbinden und dann auf ein Zimmer bringt. Haben Sie noch Fragen, Frau Landmann?"

Ja, wie ist deine Telefonnummer?

„Nein, vielen Dank."

Eine knappe Stunde später liege ich mit einem Nasenverband, der aus mir ein Elefantenbaby gemacht hat, in einem Zweibettzimmer, das aber im Moment nur durch mich belegt ist.

Um mein Bett versammelt: Lena, Mats, Mama, Papa, Flora und Carla. Alle sehen mich voller Mitleid an.

„Du siehst toll aus", sagt Flora und grinst frech.

„Danke." Ich klinge wie ein Biber, dem man zwei Rüben in die Nasenlöcher gesteckt hat.

„Wir haben uns heimlich hier reingeschlichen", meint Carla verschwörerisch.

143

„Wieso heimlich?"

„Weil die Besuchszeit vor ungefähr sechs Stunden endete."

Dann geht die Tür leise auf und eine Krankenschwester steckt ihren Kopf herein. Sie stutzt, als sie die versammelte Mannschaft sieht und tritt ein.

„Was machen Sie denn alle hier?"

„Wir sind ihre Familie", meint Mats und schenkt ihr sein charmantestes Lächeln.

„Alle?"

„Klar."

„Um diese Zeit dürfen nur die Eltern da sein, und die auch nur wegen der ... Umstände." Die Schwester sieht mich an. „Wie geht es Ihnen?"

„Ganz gut."

„Vor der Tür wartet ein Polizist. Ich wollte ihn auf morgen vertrösten, aber er lässt sich nicht abwimmeln. Er sagt, die Zeit drängt. Meinen Sie, Sie könnten kurz mit ihm sprechen?"

„Ja, geht schon."

Eine Minute später betritt der Mann das Zimmer.

„Guten Abend, es tut mir leid, dass ich so spät noch ..."

So spät noch? Wie spät ist es überhaupt? Ich nehme den Arm meines Vaters und sehe auf seine Uhr. Halb eins. Es ist mitten in der Nacht!

„ ... störe, aber ich muss dringend ein paar Fragen stellen." Der Polizist stellt sich als Kommissar Deichmann vor. Er nickt den anderen zu, als würden sie sich schon ewig kennen. Tausend Fragen gehen mir durch den Kopf, die ich aus Angst vor dem

Blutgerinnsel in meinem Gehirn gekonnt verdrängt hatte.

„Würden Sie uns bitte einen Augenblick allein lassen?" Er sieht freundlich, aber bestimmt zu meinen Leuten. Die nicken und verlassen den Raum.

„Na, junge Frau, wie geht es Ihnen?", fragt er und setzt sich auf einen Stuhl am Bett.

„Geht so." Ich klinge immer noch wie ein Biber mit Rüben in den Nasenlöchern. „Meine Nase ist gebrochen."

„Kann ich Ihnen ein paar Fragen stellen?"

Ich nicke nur, weil mir meine Stimme so peinlich ist.

„Dieser Daniel sagt uns nicht, wer die anderen zwei Burschen sind. Kennen Sie ihre Namen?"

„Sie haben Daniel?" Scheiß auf die Biberstimme.

„Ja, wir haben ihn."

„Und er hat Ihnen von den zwei anderen erzählt?"

„Nein, das war Ihr Vater. Er hat sie weglaufen sehen."

Wie haben sie mich überhaupt gefunden? Woher weiß die Polizei von Daniel?

„Woher wissen Sie, dass Daniel dabei war?"

„Das hat uns Herr Westphal verraten." Hannes?

„Gehen die zwei anderen auch auf Ihre Schule?"

„Nein, ich habe sie noch nie vorher gesehen."

„Gut, dann lasse ich morgen jemanden kommen, der Personenbeschreibungen von den beiden Burschen anfertigen lässt."

Ich nicke. Plötzlich bin ich furchtbar müde.

„Nur noch eine Frage, Frau Landmann, dann lasse ich Sie in Ruhe."

Ich nicke wieder.

„Warum war es Ihnen so wichtig, dass wir die Wasserflasche mitnehmen?"

„Da muss irgendwas drin sein, sie wollten unbedingt, dass ich davon trinke."

„Haben Sie eine Vermutung, was sich in der Flasche befindet?"

„Irgendwas, um Mädchen gefügig zu machen."

Die Augen des Kommissars werden größer. „Wie kommen Sie darauf?"

Ich kann nicht mehr, ich muss schlafen. Also schließe ich die Augen und versuche, die Gespenster zu verscheuchen, die von mir Besitz ergreifen wollen.

Der Mann an meinem Bett erhebt sich. Er legt mir behutsam eine Hand auf den Arm, ich behalte meine Augen geschlossen. „Ruhen Sie sich erstmal ordentlich aus. Die Flüssigkeit wird morgen oder übermorgen untersucht, dann wissen wir mehr. Gute Nacht." Dann ist er draußen und Sekunden später kommen Mama und Papa zurück ins Zimmer. Ich will wirklich nur noch schlafen.

„Die anderen sind nach Hause gegangen", sagt Mama sanft. „Wir bleiben heute Nacht bei dir."

„Das ist nicht … "

„Doch, ist es. Keine Widerrede."

Ich habe keine Kraft mehr für eine Erwiderung, aber eine einzige Frage muss ich noch stellen. „Was ist mit Liam?"

„Leider immer noch nichts Neues", meint mein Vater leise. „Nun schlaf, Prinzessin."

Ich kann nicht mehr denken und falle in einen tiefen Schlaf.

Für immer ein Biber?

Nach einem ekelhaften Frühstück mit Pappbrot, Industriekäse und Blümchentee fühle ich mich so gut, dass ich meine Mutter nach Hause schicke. Mein Vater ist gleich nach meinem Aufwachen ins Büro gefahren. Mama muss sich unbedingt um Liams Eltern kümmern. Die *Geschichte mit mir*, wie Mama das nennt, hat sie noch mehr verunsichert, was ja wirklich kein Wunder ist.

Ich stehe auf und tapse ins Bad, noch leicht unsicher auf den Beinen. Das Bett neben mir ist tatsächlich unbewohnt, was mir sehr recht ist. Das Bad ist eng und düster, die schummrige Lampe schafft es kaum, den kleinen Raum auszuleuchten. Unter der Decke brummt eine Lüftung. Ich putze meine Zähne und versuche dabei, den Blick in den Spiegel zu vermeiden. Nachdem ich mir die Haare gebürstet habe, sehe ich doch hin. Bis auf den Nasenverband sehe ich fast aus wie immer. Leichte Schatten unter den Augen, aber sonst alles okay. Nur der Nasenverband dominiert das komplette Gesicht. Zum Glück sieht mich keiner so, außer meinen zwei besten Freundinnen und meiner Familie.

Dann lege ich mich zurück ins Bett und checke mein Handy. WhatsApp-Nachrichten von Carla und Flora. Grüße von Mats und Lena. Keine Neuigkeiten von Liam.

Als es zaghaft klopft, erwarte ich eine Schwester. „Herein". Die Tür wird geöffnet und vor mir steht ein Blumenstrauß. Er ist so riesig, dass er den

Menschen dahinter verbirgt. Erst als Tobi den Strauß nach unten nimmt, erkenne ich ihn.

„Was machst du denn hier?", frage ich und werde mir wieder meiner Biberstimme bewusst. Und dem fetten Verband mitten im Gesicht. Automatisch verberge ich mit einer Hand meine Nase, was vermutlich lächerlicher aussieht, als der Verband selbst.

„Wollte dich besuchen", sagt er und legt den Blumenstrauß auf mein Bett. „Ähm, also ich meine, ich besuch dich. Die Blumen hab ich im Botanischen Garten geklaut." Seine Locken kringeln sich über die Stirn und verdecken die blasse Narbe. Woher er die wohl hat?

Ich lächle unsicher. Schließlich liege ich im Bett. Mit fast nichts an. Und einem Nasenverband. Und einer Biberstimme.

„Wie geht es dir?", fragt Tobi. Er ist auch ziemlich unsicher.

„Geht so. Nimm dir doch einen Stuhl."

Er nickt, schnappt sich einen Stuhl und setzt sich. „Süß siehst du aus", grinst er anzüglich.

„Na klar", antwortet der Biber. Dann schweigen wir lange.

Tobi rutscht auf dem Stuhl hin und her. „Das war eine saudumme Idee, gestern", sagt er nach einer Weile.

Ich überlege einen Moment. Es stimmt, es war eine saudumme Idee. Und sie kam von ihm. Vermutlich hat er ein wahnsinnig schlechtes Gewissen. Dann fällt mir ein, dass ich noch immer nicht weiß, wie man mich eigentlich gefunden hat.

„Sag mal, weiß du, wie mein Vater und Carla auf das Forsthaus gekommen sind?"

Er nickt. „Das hat Hannes uns verraten."

„Hannes? Uns? Wem?"

Tobi zuckt mit den Schultern. „Als wir nach einer Stunde nichts von dir gehört hatten, wurden wir unruhig und schickten dir eine Nachricht. Auf die WhatsApp hast du aber nicht reagiert.

Nee, da lag ich ja auch schon ausgeknockt auf dem Holzboden im Forsthaus.

„Wir wussten nicht, was wir tun sollten, also hat Flora bei Hannes angerufen und gesagt, dass sie dich sprechen möchte. Und der hat so getan, als hätte er dich ewig nicht gesehen."

Ich sehe ihn gespannt an, das ist ja wohl noch nicht das Ende der Geschichte.

Tobi zögert. „Und dann waren wir mit unserer tollen Jugendlichenweisheit am Ende und haben deine Eltern informiert."

„Meine Eltern?"

„Ja, die waren natürlich außer sich, als sie davon hörten, dass wir dich als … ähm … Lockvogel zu Hannes haben gehen lassen."

Oh je, meine armen Eltern.

„Und dann ging alles ganz schnell", fuhr Tobi fort, „Carla hat ihren Vater angerufen, der fünf Minuten später da war. Die Eltern von Liam haben ein bisschen genervt, weil sie dachten, es ginge um ihren Sohn."

Auch das noch.

„Erzähl weiter!"

„Carlas Vater ist ja ein echter Hardliner, wenn es sein muss." Es klingt, als hätte er mächtig Respekt vor dem Anwalt, der aussieht wie ein Filmstar, der einen Anwalt spielt. „Während Dein Vater mit Carla in den Stadtpark gefahren ist, um dich zu suchen, fuhr Carlas Vater mit mir zu Hannes."

Er machte eine kurze Pause, die mich wahnsinnig machte. „Erzähl, verdammt!"

„Deine Geschwister sind zur Schule gefahren, um sich dort umzusehen. Deine Mutter und Flora blieben bei euch zu Hause und kümmerten sich um Liams Eltern. Dieser Angus ist ja … "

„Tobi! Was war mit Hannes?"

„Ich bin im Auto geblieben, während Carlas Dad mit ihm geredet hat."

„Hannes war zu Hause?"

„Ja, war er. Und es brauchte wohl keine große Überredungskunst, um ihm deinen Aufenthaltsort zu entlocken. Der Anwalt hat ihm mit Gefängnis wegen Beihilfe zu einer Entführung gedroht. Keine Ahnung, ob das nur ein Bluff war. Jedenfalls hat Hannes von dem Forsthaus erzählt und das haben wir telefonisch deinem Dad durchgegeben. Den Rest der Geschichte kennst du."

Ich überlege einen Moment. „Dann hat Hannes mich gerettet."

Tobi sieht mich mit großen Augen an. „Hallo! Hannes hat dich da doch erst reingezogen!"

„Stimmt auch wieder." Ich fühle mich plötzlich noch viel kleiner, als meine Biberstimme vermuten lässt. Es ist alles so verwirrend. „Ob Hannes Schwierigkeiten bekommt?" Ich sehe Tobi an, der genervt die Stirn runzelt. „Na, das hoffe ich aber stark."

„Ich weiß nicht, irgendwie hatte ich das Gefühl … "

„Was?" Jetzt ist er wirklich genervt.

„Ich hatte das Gefühl, als würde er nicht freiwillig tun, was er tat. Ist vermutlich Blödsinn."

Tobi nimmt meine Hand, was sich gar nicht mal so schlecht anfühlt. „Hör mal, Maryam, der Typ ist einer der Arschlöcher in dieser Geschichte, bitte vergiss das nicht, nur weil er aussieht wie ein scheiß Filmstar. Hannes Westphal hat dich in das Forsthaus gebracht." Er sieht mir in die Augen. „Du bist doch viel zu klug, um auf so einen Vollarsch reinzufallen, oder?", fragt er sanft.

Was wird das denn jetzt?

„Du hast recht, ich bin offensichtlich noch nicht wieder ganz bei Verstand. Hannes Westphal ist ein Arschloch."

„Das ist er." Er streichelt meine Hand und seine schönen Augen lachen mich an.

„Sag mal, Tobi?" Ich grinse, was ein bisschen weh tut.

Er hebt fragend eine Augenbraue. „Du stehst doch nicht etwa auf Nasenverbände, oder?"

Süßerweise macht ihn das verlegen. „Ich geh mal eine Vase suchen, falls die hier überhaupt so große Vasen haben." Als er aus der Tür ist, lehne ich mich mit einem Seufzer zurück in das Kissen und grinse die Decke über mir an.

Ein paar Minuten später ist er wieder da, füllt umständlich die Vase mit Wasser und stopft die Blumen hinein.

„Die sind schön, danke."

Er setzt sich wieder. „Wie lange musst du denn hierbleiben?"

Nach einem kurzen Klopfen schweben ernste, weiße Gestalten ins Zimmer. Sie füllen den ganzen Raum und machen wichtige Gesichter.

„Visite, würden Sie bitte draußen warten", sagt eine junge Frau, schnappt sich die Mappe am Fußende des Bettes und schaut in die Unterlagen. Ich sehe mir die wichtigen Gesichter näher an. Der gut aussehende Arzt vor Vorabend ist leider nicht dabei. „Wie fühlen Sie sich heute Morgen?" Die junge Ärztin, deren Namensschild ich entnehmen kann, dass sie Dr. Florestin heißt, guckt mich mit einem warmen Blick an.

„Wie ein Biber."

„Bitte?"

„Meine Stimme klingt, als hätte man mir zwei Rüben in die Nasenlöcher gesteckt, aber sonst geht es ganz okay."

Sie lacht, fühlt meinen Puls und sieht dabei auf die Uhr. „Tut Ihnen noch irgendwas weh?"

„Nur die Nase."

„Das wird wohl auch noch ein paar Tage so bleiben." Sie blickt wieder in die Unterlagen. „Ich denke, wir müssen Sie übers Wochenende nicht hierbehalten. Ihre Nase heilt zuhause genauso gut."

Ich bin ein bisschen enttäuscht. Etwas mehr Drama hätte mir ganz gut gefallen. „Okay", sage ich.

„Dann machen Sie bitte die Entlassungspapiere fertig", meint Dr. Florestin an eine Krankenschwester gewandt. Sie gibt mir die Hand, wünscht alles Gute, und schwebt mit ihren weißen Geistern wieder aus dem Zimmer.

Was nun? Ich weiß nicht mal, ob meine Klamotten hier sind und in dem Mickey-Mouse-Shirt und den Leggings, die Mama mir gestern mitgebracht hat, kann ich ja kaum nach Hause fahren. Ich will gerade meine Mutter anrufen, da kommt Tobi wieder rein.

„Na?"

„Ich kann nach Hause."

„Das ist doch super."

„Yep."

Tobi lächelt mir unsicher zu. „Holt dich jemand ab?"

„Ja, ich rufe meine Mutter an." Ich lächle zurück.

„Das ist gut." Er sieht mir in die Augen. „Dann gehe ich jetzt mal. Ich meine, damit du dich anziehen kannst, und so." Er bleibt einen Moment unsicher stehen, dann kommt er zu mir und legt seinen Zeigefinger an meinen Hals. Will er meinen Puls fühlen?

„Woher hast du eigentlich die Narbe auf der Stirn?", frage ich, weil mir nichts Besseres einfällt.

„Ach die, die ist uralt."

„Steht dir."

„Na toll."

„Woher hast du sie?"

„Andenken von meinem Vater."

„Oh."

„Lange her, den Typen habe ich schon Jahre nicht mehr gesehen. Ist auch besser so."

„Das tut mir leid."

Er beugt sich schnell runter und gibt mir einen Kuss auf die Stirn. „Bis bald."

„Bis bald", rufe ich ihm nach, als er schon in der Tür ist. Er dreht sich noch mal um. „Ich melde mich." Dann ist er weg.

Er wird sich also melden.

Ich stehe auf und inspiziere den Schrank. Dort liegen meine Sachen von gestern. Auf dem Shirt sind leichte Blutspritzer zu erkennen. Egal. Ich schlüpfe aus meinen Schlafsachen und ziehe mich an. Dann telefoniere ich mit meiner Mutter.

Wieder daheim

Angus und Laura stehen in der Auffahrt, als wir zuhause ankommen. Sie nehmen mich vorsichtig in den Arm, so als sei ich aus Porzellan. Laura fängt an zu weinen. Ich weiß nicht, was ich sagen soll, also streiche ich ihr nur kurz über die Schulter und gehe rein. Ich muss mich hinsetzen, irgendwas stimmt mit meinem Kreislauf nicht.

Es ist jetzt vier Tage her, dass Liam verschwunden ist. Vier verfluchte Tage. Ich bin mittlerweile sicher, dass Daniel und seine Arschlochkumpels hinter seinem Verschwinden stecken. Was haben sie mit ihm gemacht?

Und dann trifft mich ein Blitz. Mitten durch meine vor Schmerz pochende Nase in mein Gehirn.

Wir müssen sie töten!

Das hat Daniel gestern Nacht gesagt. Und das hat er verflucht ernst gemeint. Wenn Carla und mein Vater nicht aufgetaucht wären, würde ich jetzt nicht mehr leben. Ich beginne zu zittern.

Haben sie Liam umgebracht? Ich sehe zu Laura, die sich mit verweinten Augen in einen Sessel setzt. Sie würde es nicht überleben. Dann poltert jemand die Treppe runter. Lena stürmt ins Zimmer. „Mary, wie toll, dass du wieder zuhause bist."

„Ja, finde ich auch."

Sie gibt mir ein Zeichen, das ich nicht verstehe.

Was ist?, frage ich sie mit den Augen. Sie deutet nach oben. Also folge ich ihr die Treppe rauf in ihr Zimmer.

„Was ist denn?" Mit zitternden Beinen lasse ich mich in den lila Plüschsessel fallen.

Daniel wollte mich töten.

„Ich weiß nicht."

„Was weißt du nicht?"

Sie nimmt ihr Handy, das auf dem Bett liegt, tippt darauf herum und reicht es mir.

´Alles gut hier´, lese ich. Unterdrückte Nummer. Fragend sehe ich sie an.

„Das kam gestern Abend, als wir nach dir suchten. Erst dachte ich, die Nachricht ist von dir."

„Die ist nicht von mir."

„Das weiß ich jetzt auch, Maryam."

Ich erstarre. „Du meinst, die könnte von Liam sein?"

„Keine Ahnung."

„Was sagt Mama denn dazu?"

„Die weiß das noch gar nicht."

„Lena, das ist vielleicht wichtig!"

„Ich weiß. Aber kurz nachdem gestern diese ominöse Nachricht kam, rief Mama an und erzählte uns, dass du im Krankenhaus bist. Wir sind dann sofort hingefahren und dann habe ich es irgendwie aus den Augen verloren."

„Aus den Augen verloren? Lena!"

Es klingelt an der Haustür.

„Vielleicht ist die Nachricht wirklich von Liam."

Lena guckt mich mit ihrem Welpenblick an, während sie auf einem Fingernagel herumkaut.

Mama ruft zu uns hoch. „Mary, kannst du bitte mal kommen."

Ich sehe Lena an.

„Maryam, es ist wichtig!" Mama klingt sehr energisch.

„Wir reden gleich weiter, ich muss wohl mal runter."
Im Flur erwartet mich der Kommissar von gestern Nacht. Ich kann mich an seinen Namen nicht erinnern. Neben ihm steht ein jüngerer Polizeibeamter, der unsicher wirkt. Vielleicht der Azubi des Kommissars. Beide begrüßen mich mit einem freundlichen Handschlag, dann gehen wir ins Wohnzimmer. Laura und Angus sind zum Glück nicht da. Vermutlich machen sie einen Spaziergang. Ich setze mich mit Mama auf das Sofa, die Beamten jeweils in einen Sessel.

„Wir waren erst im Krankenhaus. Schön, dass Sie schon wieder nach Hause durften. Geht es Ihnen wieder besser?", fragt der Kommissar.

„Wenn man davon absieht, dass ich dieses Ding mitten im Gesicht habe." Der Kommissar lächelt.

„Darf ich Ihnen etwas zu trinken anbieten?" Mama steht schon fast wieder. Aus dem Augenwinkel sehe ich den Kommissar-Azubi nicken.

„Vielen Dank, nein."

Das Nicken wird eingestellt.

„Frau Landmann, ich muss Ihnen ein paar Fragen stellen." Ich sehe zu meiner Mutter, dann wird mir klar, dass ich gemeint bin. Ich werde nicht oft mit *Frau Landmann* angesprochen.

„Okay."

„Zunächst interessiert uns, wie Sie in das Forsthaus gekommen sind."

Wenn ich Hannes jetzt ins Spiel bringe, dann steckt er tief in der Scheiße. Aber steckt er das nicht sowieso schon? Ich beschließe, alles zu sagen, was ich weiß. „Ich bekam eine Nachricht von Hannes. Er wollte … "

„Hannes Westphal?"

„Ja, er wollte mich sprechen."

„Wann war das genau?"

„Ganz genau weiß ich das nicht, da müsste ich auf mein Handy schauen."

„Ihr Handy müssen wir ohnehin mitnehmen."

„Was? Warum das denn?" *Ohne Handy ist wie amputiert*, will ich noch hinzufügen, lasse es aber.

„Sie bekommen es, so schnell es geht, zurück, das verspreche ich Ihnen. Wann in etwa bekamen Sie die Nachricht von Hannes Westphal?"

„Gegen sechs, schätze ich." Der Azubi holt einen Kuli und ein kleines Heft aus seiner Jackentasche und beginnt zu schreiben.

„Abends um sechs?"

„Ja."

„Und wann haben Sie sich getroffen?"

Ich rücke etwas näher zu meiner Mutter, die meine Hand nimmt. Obwohl das voll babymäßig ist, lasse ich es geschehen. „Das muss gegen acht gewesen sein."

„Wo genau?"

„Wir waren im Stadtpark verabredet."

Der Kommissar schweigt einen Moment, dann blickt er mich direkt an. „Können Sie uns bitte so genau wie möglich schildern, was dann geschah."

Ich rücke noch etwas dichter zu meiner Mutter, sie legt einen Arm um mich. Ich spüre, wie sie zu zittern beginnt, als ich erzähle, wie Hannes mich in das

Forsthaus gebracht hat. Das Zittern nimmt zu, je mehr ich rede. Ich werde komischerweise immer ruhiger. Als ich berichte, dass Daniel davon sprach, mich zu töten, habe ich das Gefühl, dass ich meine Mutter beschütze und nicht sie mich.

„Sie haben uns auf die Wasserflasche aufmerksam gemacht. Die Analyse hat ergeben, dass sich darin tatsächlich ein Betäubungsmittel befand."

„Das habe ich mir schon gedacht."

„Warum?"

Ich habe Tobi versprochen, nichts von dem zu verraten, was er uns erzählt hat.

„Zum einen, weil sie – also die drei Typen – mich zwingen wollten, davon zu trinken."

Der Kommissar sieht mich fragend an. „Und zum anderen?", fragt er, als ich nicht weiterspreche.

„Es gab Gerüchte."

„Was für Gerüchte?"

„Ich konnte das nie glauben, aber man sagte, dass Daniel zusammen mit ein paar Kumpels Mädchen mit K.O.-Tropfen ... ähm ... betäubt und dann ..."
Ich spüre, wie meine Mutter stocksteif wird. Es scheint, als hätte sie das Atmen eingestellt. „Wie gesagt, ich konnte das nicht glauben."

„Wer genau sagte das?"

„Das war so Gerede auf dem Schulhof." Ich weiche seinem Blick aus.

„Gut, dann habe ich jetzt nur noch eine Frage." Der Kommissar fixiert mich scharf. „Was hat Ihrer Meinung nach diese ganze Geschichte mit dem Verschwinden von Liam Murray zu tun?"

Ich zucke mit den Schultern. „Hannes sagte mir, Liam sei in dem Forsthaus, sonst wäre ich gar nicht mit ihm dorthin gegangen. Aber da war er nicht."

Mama drückt meine Hand, dann guckt sie den Kommissar an. „Kann es sein, dass Daniel etwas mit dem Verschwinden Liams zu tun hat?"

„Das werden wir rausbekommen", sagt der Kommissar, steht auf und sieht seinen Azubi an. Der bemüht sich, schnell aus dem Sofa zu kommen und steckt Heft und Kugelschreiber ein.

„Sie wollten doch noch Personenbeschreibungen von den anderen zwei Typen haben, oder?"

Der Kommissar lächelt und wirkt leicht überheblich. „Das ist nicht mehr nötig, wir haben die Burschen heute Morgen dingfest gemacht."

„Dingfest, was meinen Sie denn damit?"

„Daniel wurde in der Nacht noch einmal verhört, da hat er uns die Namen genannt."

„Oh." Irgendwie bin ich erleichtert.

„Und was passiert jetzt mit den Jungs?", fragt Mama.

„Das kommt darauf an, was der Staatsanwalt entscheidet. Er könnte das, was Ihrer Tochter passiert ist, durchaus als Mordversuch werten."

Bei dem Wort *Mordversuch* wird mir schummrig.

„Und wir müssen natürlich den Gerüchten nachgehen, die Ihre Tochter auf dem Schulhof gehört haben will."

Gehört haben will. Ich muss unbedingt mit Tobi reden.

Der Kommissar wendet sich wieder an mich. „Wenn wir dann bitte Ihr Handy haben könnten?"

Ich gehe nach oben, um es zu holen. Lena steckt den Kopf durch die Tür, als sie mich hört. „Die Polizei",

160

flüstere ich und wedele erklärend mit dem Telefon. Dann bin ich auch schon wieder unten. „Können Sie rausfinden, ob Liam von dem Handy aus angerufen wurde?"

„Wie kommen Sie denn darauf?"

Ich sehe förmlich die inneren Antennen des Kommissars hochfahren.

„Das Handy war weg, in der Nacht als Liam verschwand."

„Was? Warum sagen Sie uns das denn jetzt erst?"

Ich zucke zusammen. „Ich habe nicht daran gedacht. Im Krankenhaus war ich noch viel zu benommen, um an sowas zu denken." Die Polizeibeamten wechseln einen Blick, den ich nicht deuten kann.

„Was genau meinen Sie mit weg?"

„Ich habe es in der Schule liegen lassen und jemand hat es am nächsten Tag in einem Papierkorb auf dem Schulhof gefunden."

Der Kommissar-Azubi notiert sich Tobis Namen und nach einer kurzen Verabschiedung sind die Polizisten weg.

Eine Minute später frage ich mich, warum ich ihnen nichts von der Nachricht erzählt habe, die sich auf Lenas Handy befindet. Ob ich hinter ihnen herlaufen soll? Ich beschließe, erstmal Tobi anzurufen.

Dieses bescheuerte Herz

Warum klopft eigentlich mein bescheuertes Herz so? Nur weil es gerade bei uns geklingelt hat? Angus guckt vom Wohnzimmer in den Flur.

„Das ist Besuch für mich", sage ich schnell, damit er wieder verschwindet, was er auch folgsam tut. Dann hole ich tief Luft und öffne Tobias Kramer die Tür.

„Hey." Er blinzelt verlegen, was süß aussieht. Außerdem ist er ziemlich cool angezogen. Entweder ist mir das vorher nicht aufgefallen, oder er hat sich extra umgezogen.

„Hey, komm doch rein."

Schweigend gehen wir die Treppe rauf. Gleich werden wir in meinem Zimmer sein. Allein.

Ja, hopple nur rum, blödes Herz!

Tobi setzt sich auf den Schreibtischstuhl, ich aufs Bett. Wir sehen uns an und mir wird bewusst, dass ich noch immer diesen bescheuerten Verband mitten im Gesicht kleben habe. Es scheint ihn nicht zu stören. Ob er meine Zimmer peinlich findet? Ich hätte die pinkfarbenen Kissen im Schrank verstecken sollen.

„Die Polizei war gerade hier", sage ich.

Wahnsinnig romantischer Satz, Maryam Landmann!

„Oh."

„Ich habe ihnen erzählt, was du uns über Daniel und seine Arschgeigenfreunde gesagt hast."

„Scheiße! Du hattest versprochen … "

„Ich habe gesagt, dass es Gerüchte sind, die ich auf dem Schulhof aufgeschnappt habe."

Er entspannt sich wieder. „Okay, das ist gut."

„Das ist überhaupt nicht gut, Tobi. Du musst mit der Polizei reden. Du musst ihnen erzählen, was sie mit deiner Schwester gemacht haben."

„Aber die haben Videos, die sie ins Netz stellen können. Krissi dreht durch, wenn das passiert. Und meine Alten … " Er sieht zu Boden.

„Was ist mit deinen Eltern?"

„Ach nichts."

Es klingelt, vermutlich Carla oder Flora. Oder beide. Ich stehe auf, lege Tobi eine Hand auf die Schulter und gehe nach unten. Dieses Mal steht Laura im Flur. Sie wirkt, als wäre sie in den letzten Tagen geschrumpft.

„Für mich", sage ich und lächle ihr zu.

Flora und Carla stehen tatsächlich zusammen vor der Tür. Flüsternd gebe ich ihnen den Stand der Dinge durch, bevor wir hoch gehen.

„Wie lange bleiben die Freaks denn im Knast? Hat die Polizei das gesagt?", fragt Flora.

„Hoffentlich für immer", zischt Tobi.

„Das kannst du komplett vergessen." Carla schaut ihn an. „Mit etwas Glück sitzt Daniel Montag schon wieder auf der Schulbank."

„Was?" Etwas in meinem Inneren sackt nach unten. Carla gibt die Anwaltstochter und genießt ihren Auftritt sichtlich. „Was haben die denn schon groß getan? Ich meine, rein rechtlich gesehen", ergänzt sie schnell, als sie meinen Gesichtsausdruck sieht. „Die Typen haben dich in einen Raum gesperrt und dir einen Schlag ins Gesicht verpasst. Dafür geht niemand in den Bau, schon gar nicht, wenn er minderjährig ist. Sagt mein Vater."

Mir wird eiskalt. „Das ist nicht dein Ernst, Carla!"

„Wenn diese Bastarde allerdings noch mehr Dreck am Stecken hätten, den man ihnen nachweisen könnte ... "

Wir sehen alle drei zu Tobi, der noch blasser wird, als er ohnehin ist. „Das kann ich meiner Schwester nicht antun, ehrlich."

„Dann machen die einfach weiter", entgegnet Flora, „sobald sich eine Gelegenheit bietet, schnappen die sich das nächste Mädchen."

Mich schaudert, dann fällt mir noch was ein. „Die Polizei wird ohnehin mit dir reden wollen, Tobi."

„Oh Mann, warum das denn?"

„Weil du mein Handy gefunden hast." Spätestens jetzt wird er sich fragen, warum er es nicht einfach in diesem verkackten Papierkorb hat liegen lassen.

Wir sitzen einen Moment schweigend da, dann springt Carla auf. „Wir dürfen Liam nicht vergessen!"

„Wie meinst du das denn?" Tobi blickt mit gekrauster Stirn zu ihr hoch.

„Na, diese Typen haben Liam entführt!" Carlas Augen werden größer.

Oder ermordet, denke ich.

„Und was ist eigentlich mit Hannes, welche Rolle spielt der in der ganzen Geschichte?", fragt Carla, wieder ganz Anwaltstochter, und zeigt mit dem Finger auf mich. Bin ich hier die Angeklagte, oder was?

Ich zucke mit den Schultern. „Wenn ich das wüsste."

„Wurde der eigentlich auch verhaftet?"

„Glaub nicht, jedenfalls haben die Polizisten nichts davon gesagt."

„Dann schnappen wir uns das Arschloch!" Tobi steht auf und strafft die Schultern. Seine blonden Locken leuchten in der Sonne.

„Was? Warum? Wie denn?", stottere ich.

„Das wüsste ich auch gerne." Flora zupft sich einen imaginären Fussel von ihrem Shirt. Das macht sie, wenn sie nervös ist.

„Na, wenn irgendjemand weiß, wo Liam ist, dann doch wohl Hannes, oder?"

„Damit könntest du allerdings recht haben." Carla blickt Tobi fragend an. „Aber wie stellen wir das an?"

„Wir locken ihn irgendwo hin."

„Mit *wir* meinst du hoffentlich nicht mich", sage ich mit dünner Stimme, „ich will diesen Arsch nämlich nie wiedersehen."

„Dann musst du die Schule wechseln", meint Flora trocken und ich weiß, dass sie recht hat. Die Erkenntnis trifft mich wie eine Keule. Ich werde Hannes wieder begegnen. Montag sitzen wir vermutlich zusammen im Mathekurs. Und ich werde Daniel wieder begegnen. Es ist nicht vorbei. Mein Mund wird trocken, der Magen zieht sich zusammen. „Ich will, dass diese Typen für immer aus meinem Leben verschwinden", sage ich mit zittriger Stimme. Meine Knie zittern aus Solidarität mit. Tobi setzt sich zu mir und legt einen Arm um meine Schulter. Ich werde natürlich knallrot und wage nicht, meine Freundinnen anzusehen.

„Wenn diese Typen wirklich mit Liams Verschwinden zu tun haben, dann sind sie auf jeden Fall für längere Zeit weg vom Fenster." Er schaut fragend zu Carla, die innerhalb der letzten halben Stunde zur rechtlichen Koryphäe aufgestiegen ist. Sie nickt.

„Und das werden wir rausbekommen, indem wir uns Hannes schnappen." Tobi hält mich noch immer im Arm. Er riecht nach frischem Gras, seine Umarmung fühlt sich gut an. Floras Grinsen gefällt mir allerdings ganz und gar nicht.

Tobi guckt von Flora zu Carla. „Das ziehen wir zusammen durch." Er klingt wie einer der drei Musketiere.

„Ich weiß nicht, sollen wir das nicht lieber der Polizei überlassen?" Nicht nur Flora hat erhebliche Zweifel an Tobis Plan.

„Ganz deiner Meinung." Ich möchte einfach für immer hier sitzen bleiben. Im Arm von Tobias Kramer, der mir vor kurzem noch völlig fremd war. Dessen Nähe jetzt so guttut. Sein Geruch, die Wärme seiner Hand, die auf meinem Knie liegt. Kann es nicht einfach für immer so bleiben? Ich müsste nie wieder zur Schule, nie wieder Hannes oder Daniel begegnen.

Aber Liam ist verschwunden!

Ich löse mich nur ungern aus Tobis Umarmung, doch ich brauche einen klaren Kopf, und den bekomme ich, wenn ich ein bisschen im Zimmer hin und her laufe. „Die Polizei hat die drei Typen. Sie weiß, dass Liam verschwunden ist. Sie glaubt an einen Zusammenhang. Die haben doch alle Mittel, Liam schnell zu finden."

Offensichtlich bin ich nicht überzeugend.

„Es ist Wochenende. Die Bullen wollen auch mal frei haben. Was, wenn Liam am Montag immer noch nicht wiederaufgetaucht ist? Ohne Grund können die Daniel und seine Kumpels nicht ewig festhalten." Tobi sieht zu Carla, die nickt.

„Okay, und wie – nur mal theoretisch – sollen wir uns dieses Arschloch schnappen?"

„Wir machen es genauso, wie er es gestern mit dir gemacht hat."

Ich muss mich wieder hinsetzen. Ist das wirklich erst gestern gewesen? Meine Nase pocht mit meinem Herzen um die Wette.

„Wie meinst du das?", fragt Flora, und ihre Stimme klingt fast so zittrig wie meine.

„Na, Maryam ruft das Arschloch an und verabredet sich mit ihm."

Ich will aufspringen, komme aber nicht hoch. „Spinnst du?", frage ich und lehne mich erschöpft an den Bettpfosten. Das Pochen in meiner Nase wird stärker.

Tobi nimmt meine Hand. „Jetzt mal ganz ruhig. Du verabredest dich mit ihm im Park. Hannes kommt dahin. Und – Überraschung – trifft auf uns alle."

„Und dann?", fragt Carla mit leuchtenden Augen. Warum wundert es mich eigentlich nicht, dass ihr der Vorschlag gefällt?

„Dann fesseln wir ihn irgendwie."

„Irgendwie? Sorry, aber das ist ein Scheißplan. Ach Quatsch, das ist überhaupt kein Plan." Ich lehne mich an Tobis Schulter. Meine Nase fühlt sich an, als hätte ein Specht sich ein Nest in dem Verband gebaut. Ich brauche Ruhe, verdammt. Und keine durchgeknallten Abenteuergeschichten.

„Ich habe Pfefferspray", meint Carla und ich beginne am Verstand meiner Freunde zu zweifeln.

„Das ist gut." Tobi streicht über mein Haar. „Damit können wir ihn erstmal kaltstellen, und danach fesseln wir ihn."

„Super Idee", sage ich und hoffe, der Spott in meiner Stimme ist (trotz Nasenverband) für alle hörbar. Dann setze ich mich auf. „Wisst ihr eigentlich, wie weh das tut, Pfefferspray in die Augen zu bekommen?" Ich habe zwar selbst keine Ahnung, stelle es mir aber schmerzhaft vor.

„Das hat der Arsch verdient!" Tobi klingt gnadenlos und ich frage mich, was in ihm vorgeht. Will er Rache für das, was seiner Schwester angetan wurde? Oder Rache für das, was die Drecksäue mit mir gemacht haben? Ist Rache nicht ein ziemlich niederer Instinkt? Einer, der Kriege auslöst?

„Rache ist doch Scheiße", sage ich und lehne mich zurück an Tobis Schulter. Es fühlt sich vertraut an, auch wenn ich noch nicht ganz sicher bin, ob es mehr das *Kumpelgefühl*, oder das *Verliebtseinsgefühl* ist, das ich empfinde. „Außerdem bin ich viel zu fertig für so eine Aktion. Vor ein paar Stunden habe ich noch im Krankenhaus gelegen. Und gestern Nacht …"

Carla guckt mich erschrocken an. „Das habe ich komplett verdrängt, tut mir echt leid, Maryam."

„Dabei ist das doch für alle gut sichtbar", scherze ich müde und deute auf das Ding in meinem Gesicht.

„Und hörbar. Meine Stimme ist die pure Sinnlichkeit, oder?"

Flora grinst. „Mit der Stimme könntest du glatt zum Star im Telefonsexgewerbe werden."

„Was kann ich denn Hübsches für dich tun, Schatz?", gurre ich mit meiner Biberstimme einem imaginären Telefonpartner zu.

Tobi setzt sich auf. „Können wir mal wieder ernst werden?"

„Das meine ich ernst, Schatz", gurre ich weiter und streiche über sein Knie.

Meine Freundinnen kreischen los. Tobi nimmt die Situation nicht ganz so souverän. Er rückt von mir ab und schaut uns genervt an.

Wir lachen und lachen. Meine Nase tut zwar scheißweh, aber das Lachen ist so befreiend. Als würde die komplette Anspannung der letzten vierundzwanzig Stunden von mir abfallen.

Irgendwann schnappe ich mir ein Kissen und schmeiße mich völlig erledigt auf mein Bett. „Ich kann nicht mehr", keuche ich und das Pochen ist wieder da. In der Nase, im Brustkorb, in der Armbeuge, wo sie mir letzten Nacht die Spritze gesetzt haben, in meinem Kopf.

„Wir müssen das ohne Maryam durchziehen", sagt Carla und wischt sich die letzten Lachtränen von der Wange. „Sie braucht Ruhe."

Sehe ich auch so.

„Nur wir zwei, Tobi und das Pfefferspray?" Flora ist weniger überzeugt von dem Plan als je zuvor. Ist ja auch ein Scheißplan.

„Gibt es noch jemanden, der uns helfen könnte?", fragt Carla. Ich höre ihre Stimme wie durch Watte.

Ich muss schlafen, denke ich, ich bin fertig.

„Ja, noch ein Mann, ähm, Junge wäre cool." Tobi ist sich seiner genialen Idee also auch nicht so sicher.

Ich kuschle mich unter die Decke. Tobis Hand streicht mein Haar aus dem Gesicht. Bitte nicht wegnehmen, die Hand.

„Mats!" Carla.

„Wer ist das?" Tobi.

Ich nehme die Stimmen immer entfernter wahr.

Mein Bruder, denke ich.

„Maryams Bruder", sagt Flora.

Ich kann nicht mehr, denke ich.

Dann bin ich weg.

Gut oder Böse

Ich will nur noch schlafen, aber sie rütteln an meiner Schulter. Dabei ist meine Nase gerade so wunderbar schmerzfrei. Der Specht muss ausgeflogen sein.

„Mary, aufwachen!"

Jemand rüttelt wieder, ziemlich unsanft, finde ich. Langsam werde ich wach, mein Zimmer ist leer. Bis auf Lena, die sich über mich beugt und weiter an mir rumrüttelt.

„Lena, lass das, was ist denn?" Ich richte mich auf, blicke auf die Uhr und erstarre. Fünf Uhr, ich habe mehr als zwei Stunden geschlafen. Wo sind meine Freunde? Ich schaue meine Schwester an, die mir mit hektischen Flecken im Gesicht ihr Handy unter die Nase hält.

„Wer ist dran?", frage ich leise. Lena seufzt und hält mir das Handy ans Ohr.

„Hallo?", höre ich eine Stimme, die mir entfernt bekannt vorkommt.

„Hallo?", frage ich zurück.

„Kannst du kommen?"

„Wer ist denn da?"

„Mensch, Maryam, wer wohl?"

Ja, wer wohl?

„Wer ist denn da?", wiederhole ich meine Frage und komme mir komplett idiotisch vor.

Am anderen Ende der Leitung höre ich es ausatmen, so, als müsse mein Gesprächspartner erstmal mit meiner Dämlichkeit fertig werden. „Hier ist Mats."

„Mats?" Ich sehe meine Schwester an, die heftig nickt.

„Ja, stell dir vor. Kannst du hierherkommen, Mary?" Meine Nase beginnt wieder zu pochen. Mir ist schlecht. Ich will nirgendwohin. Ich will schlafen.

„Wohin soll ich kommen?"

„In den Park."

„Was?" Langsam kommt die Erinnerung zurück. Die Übelkeit nimmt zu. Mein Herz beginnt zu rasen.

„Wer ist dort noch außer dir?", frage ich vorsichtshalber.

„Tobi, Carla, Flora und der Typ."

Ich muss nicht fragen, wer *der Typ* ist. Sie haben es durchgezogen. Heilige Scheiße!

„Und was soll ich da?" Ich will da nicht hin! Auf keinen Fall will ich da hin!

Mats atmet genervt aus. „Wir bekommen keinen Ton aus ihm raus, der will nur mit dir reden."

Ich überlege, während ich Lena ansehe, der fast die Augen aus dem Kopf fallen vor Neugier.

Was, wenn das eine Falle ist? So wie gestern? Was, wenn Mats gezwungen wird, mir das zu sagen?

„Wo genau seid ihr denn?", frage ich meinen Bruder und bin immer noch absolut entschlossen, mein Zimmer nicht zu verlassen.

„Kennst du den alten Bunker im Wald?"

„Ähm, ja."

„Kannst du da bitte hinkommen?"

„Ihr habt Hannes in den Bunker gesperrt?"

„Ja." Mats Stimme ist dünn, er hört sich unsicher an.

„Und nun?", frage ich und höre meinem Herz beim Wummern zu.

„Wie gesagt, er will nur mit dir reden."

„Ich will aber nicht mit ihm reden!"

„Wir sind doch in der Nähe."

„Mats! Ich komme da nicht hin!"

Mein Bruder schweigt einen Moment. „Dann erfahren wir nicht, wo Liam ist."

Ich antworte nicht.

„Wir können ihn ja schlecht foltern, oder?", fragt Mats und lacht unsicher.

„Und Hannes hat euch gesagt, dass er mir sagen wird, wo Liam ist?"

„Nicht direkt."

„Nicht direkt? Was soll das denn heißen?"

Lena wippt auf meinem Bett auf und ab, was mich wahnsinnig macht.

„Der Typ hat uns nur gesagt, dass er mit dir sprechen will."

„Mehr nicht?"

„Mehr nicht."

„Was für eine Scheißaktion habt ihr euch da ausgedacht?", schnaube ich.

„Mary, wir sind doch alle in deiner Nähe. Du musst nur kurz mit ihm reden. Vielleicht weiß er, wo wir Liam finden können."

„Und wenn nicht?"

„Dann haben wir es jedenfalls versucht. Ich meine, jetzt haben wir den Typen schon mal."

„Oh Mann." Ich lege Lena eine Hand auf das Knie, damit sie mit dem nervigen Gewippe aufhört. Sie sieht mich gebannt an.

„Wie seid ihr überhaupt in den Bunker gekommen?", frage ich, um Zeit zu gewinnen.

„Der steht doch schon seit Jahren offen."

„Aha."

„Kommst du, Mary?"

Nein! Nein! Nein!

„Ich will, dass einer von Euch mich am Ende des Parks abholt", sage ich.

Mir ist auch nicht mehr zu helfen.

„Alles klar, ich werde da auf dich warten", antwortet Mats und er klingt erleichtert.

Was, wenn sie ihn zwingen, das zu sagen? Vielleicht drückt ihm gerade jemand eine Waffe an die Schläfe. Und wer sollte das sein, Maryam Landmann?

Ich stehe vorsichtig auf und sehe in den Spiegel, der rechts neben der Tür hängt. Jemand blickt zurück, der gerade von den Toten auferstanden zu sein scheint. Der Verband auf der Nase ist zerknautscht, unter einem Nasenloch ist Blut durchgesickert, die Haare stehen wirr vom Kopf. Das Gesicht kalkweiß. Außerdem dreht sich alles. Ich muss mich an der Türklinke festhalten.

„Ich hol mal Wasser", sagt Lena und ihrer Stimme ist die Abenteuerlust anzuhören.

Ich sehe wieder in den Spiegel. Wenn ich ohne Umweg über das Bad direkt zum Wald ginge, würde Hannes bei meinem Anblick tot umfallen. Klappe zu, Affe tot.

Ich gehe ins Bad, putze die Zähne, wasche die Teile meines Gesichts, die nicht von dem Verband verdeckt sind, schiebe den Mullkram so gut es geht in seine Ursprungsform zurück, bürste durch meine Haare und gehe zurück in mein Zimmer, wo Lena mit einem Glas Wasser auf mich wartet. Nachdem ich es ausgetrunken habe, geht es mir etwas besser. Soll ich mit dem Roller fahren? Dafür fühle ich mich nicht sicher genug. Fahrrad ist auch keine Option. Also zu Fuß.

„Dann bis später." Ich schnappe mir eine Jacke und winke Lena zu.

„Hast du sie noch alle? Ich komme natürlich mit!"

„Du kommst natürlich nicht mit!" Ich schiebe sie zurück in mein Zimmer.

„Maryam, ich lasse dich da nicht alleine hingehen!" Ihre Augen funkeln und ich erkenne in ihrer entschiedenen Art unsere Mutter wieder. Wir könnten jetzt noch drei Stunden darüber diskutieren, am Ende würde sie mitkommen. Also lege ich einen Finger auf die Lippen, damit sie still ist.

Leise schleichen wir die Treppe runter, aus dem Wohnzimmer hören wir Stimmen. Mama redet mit Laura und Angus. Keine Ahnung, ob Papa auch da ist. Sein Auto steht in der Einfahrt, aber das heißt nichts. Er kann auch Laufen gegangen sein oder mit dem Rennrad ein paar Runden drehen.

Schweigend gehe ich neben Lena her. Es ist kaum was los auf der Straße. Frau Scholz von nebenan mäht ihren Rasen und winkt uns zu. Erschrocken hält sie inne, als sie meinen Verband sieht. Lena zieht mich schnell weiter.

Als wir zehn Minuten später den Park betreten, beginnt mein Herz zu rasen. Ich werde langsamer. Lena spürt die Angst in mir und nimmt meine Hand.

Toll, meine kleine Schwester hält mit mir Händchen. Was mache ich hier eigentlich? Und warum, verdammt, ziehe ich Lena da mit rein?

Abrupt bleibe ich stehen. „Hör mal, Lena, es ist total lieb von dir, dass du das mit mir durchziehen willst, aber ich möchte jetzt doch lieber alleine weitergehen."

„Träum weiter", entgegnet sie trocken und fasst meine Hand fester, „es geht schließlich um Liam. Meinen Liam!"

Als wir an der Parkbank vorbeikommen, auf der Hannes gestern auf mich gewartet hat, schlägt mein Herz so stark, dass ich kurz von einem Defibrillator träume. Am Ende des Weges sehe ich jemanden stehen. Weil der Himmel bedeckt ist, kann ich nicht erkennen, wer es ist. Es ist ein männlicher Körper, der sich unscharf vor dem Wald abzeichnet.

„Ist das Mats?"

„Ich bin nicht sicher", antwortet meine kleine Schwester und drückt meine Hand fester. Ihre Handinnenfläche ist feucht. Oder ist es meine, die feucht ist?

Ich bleibe wieder stehen. „Hör mal, Lena, das ist eine total bescheuerte Idee. Wir gehen jetzt einfach nach Hause und vergessen das Ganze, okay?" Ob sie mein Herz schlagen hört? Ob der ganze, verdammte Park mein Herz schlagen hört?

Lena fingert ihr Handy aus der Hosentasche und wählt eine Nummer. In der Ferne sehe ich die männliche Gestalt ein Handy zücken.

„Es ist Mats", sagt Lena nach ein paar gewechselten Worten. Ich atme aus, aber die Beklommenheit, die sich auf meine Brust gelegt hat, lässt sich nicht vertreiben. Gestern habe ich mich auch sicher gefühlt. Jedenfalls halbwegs. Und dann …

Wir erreichen Mats, ich sehe ihm in die Augen. „Wie ist die Situation?"

„Der Typ sitzt gefesselt in dem Bunker, die anderen bewachen ihn." Er klingt stolz. Habe ich mir die Unsicherheit in seiner Stimme vorhin nur eingebildet?

„Gefesselt?" Mein Magen zieht sich schmerzhaft zusammen.

„Na klar, wir haben ihn uns geschnappt, gefesselt und da hingebracht."

„Und jetzt?"

„Jetzt redest du kurz mit ihm und danach wissen wir hoffentlich, wo sie Liam hingebracht haben."

„Kurz?" Zu den Magenschmerzen gesellt sich der Specht, der meine Nase malträtiert. Von dem rasenden Herzen mal ganz zu schweigen.

Mats zwinkert mir zu. „Er kann dir nichts tun, Mary."

„Okay." Meine Stimme klingt dünn.

Je näher wir dem Bunker kommen, desto mieser fühle ich mich.

„Was mache ich hier eigentlich, verdammt noch mal?", frage ich den Wald. Meine Stimme hat sich von Biber Richtung Spitzmaus gewandelt.

„Genau das Richtige!", antwortet mein Bruder und seine Sicherheit überträgt sich ein bisschen auf mich. Es riecht nach Moos und Gräsern, ich atme ein paarmal tief durch.

Der Bunker ist in der Ferne zu sehen, aber da ist sonst niemand. „Wo sind sie?", fragt die Spitzmaus. „Der Eingang ist auf der anderen Seite."

Ich werde langsamer. Was, wenn das eine Falle ist?

Mats legt einen Arm um mich und schiebt mich weiter. „Ganz ruhig, Mary. Der Kerl sitzt gefesselt und mit vollgeschissenen Hosen da drin. Der kann dir überhaupt nichts tun."

Lena kichert. „Der hat sich aber nicht wirklich …"

„Seid einfach still!"

Schweigend gehen wir weiter. Ich mit rasendem Herzen, pochender Nase und einem Magen, der sich anfühlt, als stecke er in einem Schraubstock.

Dann stehen wir vor dem Bunker. Von meinen Freunden keine Spur. „Wo sind Tobi, Carla und Flora?" Ich erkenne meine Stimme nicht mehr.

Mats zieht mich um den Bunker herum. Auf der anderen Seite ist der Eingang. Dreckige Betonstufen, die hinunter in ein dunkles, unheilvolles Loch führen.

Mein Bruder nickt mir aufmunternd zu. „Sie sind drinnen und bewachen ihn."

Meine Unruhe wächst, als ich zögernd die Stufen hinuntersteige. Eigentlich werde ich mehr von Mats geschoben. Es wird immer dunkler, ein modriger Geruch nimmt mir fast den Atem. Ich zögere noch einmal, dann bin ich unten. Es fällt kaum Licht in den Raum. Ich erkenne nur Schemen. In der Mitte des Raumes steht ein Stuhl, jemand sitzt darauf. Hannes, nehme ich an. Er bewegt sich nicht. Rechts an der Wand stehen zwei Leute. Niemand spricht ein Wort. Meine Nerven vibrieren. Warum ist es so still?

Wo sind Mats und Lena? Sie sind doch mit mir runtergegangen, oder?

Und dann trifft mich die Erkenntnis wie ein Faustschlag.

Ich sitze zum zweiten Mal in der Falle!

In der Falle

Nach Atem ringend taumle ich zurück. Höre Stimmen hinter mir. Verstehe kein Wort. Ich will raus. Pralle mit jemandem zusammen. Ich schreie. Eine Hand packt mich. Meine Beine geben nach und ich sacke zu Boden. Dann höre ich Lena schreien.

Ein Feuerzeug geht an. „Ganz ruhig, Maryam, es ist alles okay."

Ich sehe in Carlas Gesicht, neben ihr stehen Mats und Lena. „Verdammt, warum hockt ihr hier in völliger Dunkelheit rum?" Ich zittere am ganzen Körper.

Meine Freundin zieht mich hoch und nimmt mich in den Arm. „Hier drinnen gibt es kein Licht und wir haben nur das eine Feuerzeug. Wir wollten sparsam damit umgehen."

„Ihr wolltet meinen sofortigen Herzstillstand!", fauche ich und mache mich von Carla los. Dann sehe ich mich um, während ich versuche, ruhig zu atmen. Die Luft ist so modrig, dass ich es kaum aushalte. Auf dem Stuhl sitzt tatsächlich Hannes. Sie haben ihm die Hände auf den Rücken gefesselt. Mein rasendes Herz beruhigt sich nur unwesentlich. Tobi schaut zu mir rüber und zuckt entschuldigend mit den Schultern. „Wir haben keinen Ton aus ihm rausgekriegt. Er will nur mit dir reden."

„Hier bin ich", sage ich so cool wie möglich in Hannes Richtung, während mein Herz gegen meine Rippenbögen hämmert. Er hebt den Kopf und sieht mich an. Seine Augen sind gerötet. Haben sie tatsächlich Pfefferspray benutzt?

„Hallo, Maryam Landmann." Er zögert einen Moment. „Kann ich allein mit dir reden?"

Ich verschränke meine zitternden Arme vor der Brust. „Nein."

„Bitte."

„Halts Maul, Arschloch", zischt Tobi, „du wolltest Maryam sprechen. Jetzt ist sie da und du sagst uns gefälligst, wo Liam ist."

Hannes blickt mich schweigend an. Er wirkt so harmlos.

„Ich muss allein mit dir reden", sagt er leise. Also nicke ich meinen Freunden zu.

„Das kommt überhaupt nicht in Frage", schnaubt Tobi, „wir lassen dich nicht mit dem Arsch allein. Auf keinen Fall!"

„Es ist okay." Mit einem Mal bin ich ganz ruhig. Ich gehe zu Carla und nehme ihr das Feuerzeug ab.

Meine Freunde verlassen zögernd den Raum.

„Wir sind direkt vor der Tür", sagt Flora im Hinausgehen und streicht über meinen Arm.

Mats guckt mich fragend an. Ich nicke noch einmal, dann geht er mit Lena nach draußen.

Wir sind allein. Hannes Westphal, Lager eins und Maryam Landmann, Lager drei.

Ich sehe auf ihn herab. „Wo ist Liam?", frage ich ihn mit fester Stimme. Aus einem Grund, den ich nicht verstehe, klinge ich wie ich und nicht mehr wie ein Biber. Schon gar nicht wie eine Spitzmaus.

„Das weiß ich nicht."

„Was habt ihr mit ihm gemacht?"

„Ich weiß wirklich nicht, wo Liam ist." Er zuckt mit den Achseln, soweit das mit den gefesselten Händen möglich ist.

„Was hast du mir dann zu sagen?"

„Es tut mir so leid, was passiert ist, Maryam."

„Ach ja?", sage ich kalt.

Wir schweigen einen Moment.

„Ich habe dir Montag dein Handy geklaut", sagt Hannes nach einer Weile, was mich nicht sonderlich überrascht.

„Um damit was zu tun?", frage ich, obwohl mir die Antwort klar sein sollte.

„Um es Daniel zu geben."

„Der damit was gemacht hat?" So langsam ist meine Geduld am Ende.

„Das weiß ich nicht."

„Ich glaube, du bist im Moment nicht in der Position, mich weiter zu verarschen", zische ich.

„Ich weiß es wirklich nicht. Daniel hat mich … ", er zögert einen Moment, „ … gebeten, es zu stehlen."

„Gebeten? Geht´s noch?"

Hannes schweigt. Das Feuerzeug in meiner Hand wird langsam sehr warm.

„Okay, beginnen wir noch mal von vorne. Du weißt also nicht, wo Liam ist?"

„Nein."

„Und warum wolltest du mich unbedingt alleine sprechen?"

„Weil ich mich bei dir entschuldigen will."

Ich muss lachen. „Wofür noch gleich? Warte, lass mich nachdenken." Ich schweige einen Augenblick, dann leuchte ich ihm mit dem Feuerzeug in seine geröteten Augen. „Dafür, dass du mich ein paar Wochen lang von vorne bis hinten verarscht hast?"

Als er etwas erwidern will, schneide ich ihm das Wort ab. „Oder dafür, dass du mich gestern den drei Freaks zum Fraß vorgeworfen hast?"

„Es tut mir leid", flüstert er. Aus irgendeinem Grund glaube ich ihm. Aber verzeihen werde ich nicht.

„Du hast also keine Idee, wo Liam sein könnte?", versuche ich es ein letztes Mal.

„Leider nein."

Was für eine komplett schwachsinnige Aktion. Wir sind kein Stück weitergekommen. Ich wende mich zum Ausgang, während ich mich frage, was wir jetzt mit dem Typen auf dem Stuhl anfangen sollen. Wir können ihn ja schlecht hier vergammeln lassen. Ich mache das Feuerzeug aus. Es ist jetzt wirklich heiß.

„Kannst du noch einen Moment bleiben?"

Ich drehe mich zurück zu ihm. „Warum sollte ich?", frage ich in die Dunkelheit.

„Es gibt keine Entschuldigung für das, was ich dir angetan habe, Maryam."

„Da sind wir ausnahmsweise gleicher Meinung."

„Ich möchte trotzdem versuchen, es dir zu erklären."

Ich weiß nicht, ob ich eine Erklärung hören will, bleibe aber stehen. Ein letztes Fünkchen Hoffnung, dass er doch etwas über Liams Aufenthaltsort weiß, hält mich an diesem muffigen, finsteren Ort.

„Es gab eine Party ...", fängt Hannes an, redet aber nicht weiter. Ich schweige ebenfalls.

„Wir hatten was geraucht und viel getrunken und ich glaube, man hat mir was in den Drink getan", sagt er nach einer Weile.

Ich mache das Feuerzeug wieder an. „Man?"

Hannes zuckt mit den Schultern. „Jedenfalls hatte ich einen kompletten Filmriss." Er schweigt so lange, dass es mir echt zu blöd wird.

„Hübsche, kleine Geschichte, vielen Dank dafür." Ich wende mich wieder zum Ausgang und lasse das Feuerzeug ausgehen.

„Am nächsten Morgen kam das Video."

Ich bleibe in der Dunkelheit stehen.

„Im ersten Moment dachte ich an einen Scherz. Eine Fotomontage, oder so. Aber es war kein Scherz. Und auch keine Montage. Sie haben mich dabei gefilmt, wie ich … "

Ich betätige das Feuerzeug und sehe ihn fragend an.

„Ich kann dir nicht sagen, was auf dem Video zu sehen ist. Stell dir das Peinlichste vor, das du dir vorstellen kannst, und multipliziere es mit Unendlich."

Meine Vorstellungskraft lässt mich komplett im Stich. „Mit Unendlich? Wie meinst du das?"

Hannes seufzt. „Sie haben damit gedroht, das Video online zu stellen."

„Wer sind *sie*?"

„Daniel und seine Kumpels."

„Du willst mir erzählen, dass sie dich erpresst haben?" Konnte ich ihm das glauben?

„Statt zu den Bullen zu gehen und diese Drecksbande anzuzeigen, bin ich immer tiefer da reingerutscht und irgendwann habe ich keinen

Ausweg mehr gefunden. Ich habe schreckliche Dinge getan, Maryam." Hannes schaut nach unten.

„Aber dass du keine Ahnung hast, was sie mit Liam gemacht haben, ist die Wahrheit?"

„Ich weiß es leider wirklich nicht." Tränen tropfen auf den Boden.

„Ich gehe jetzt", sage ich. Dann bleibe ich aber doch stehen und sehe auf Hannes zuckende Schultern. Nach einem kurzen Augenblick drehe ich mich um und gehe zurück ans Licht.

Lena ist als erste bei mir. „Wo ist Liam?"

Ich streiche ihr übers Haar. „Er weiß es nicht."

Ihre Augen füllen sich mit Tränen. „Und das glaubst du ihm?"

Ich nicke. Dann sehe ich mich um, entdecke einen Baumstamm und setze mich darauf.

Mats hält Lena im Arm, die hemmungslos schluchzt. Carla, Flora und Tobi sehen mich erwartungsvoll an. Ich fühle mich absolut leer.

„Was hat der Typ dir denn erzählt?", fragt Carla.

Ich schüttle den Kopf. „Nicht wichtig."

„Hallo?!", Flora schnaubt entrüstet, „wir stehen uns hier seit einer Ewigkeit die Beine in den Bauch."

Ich stehe auf und gehe ein Stück von ihnen weg. Sie lassen es geschehen. Außer Lenas Weinen ist es still. Ich setze mich ins Gras. Ein Käfer müht sich mit einer schweren Last in den Greifern einen kleinen Erdhügel hinauf. Was er wohl da oben will? Vielleicht den Nachwuchs füttern. Oder bei seinen Kumpels damit angeben, was er Tolles gefangen hat. Ich denke nach. Gut und Böse haben sich auf seltsame Art verschoben.

Was sollen wir mit *unserem Gefangenen* machen? Was sollen wir überhaupt machen? Wie können wir Liam jetzt noch finden? So viele Fragen gehen mir durch den Kopf. Als der Käfer oben angekommen ist, stehe ich auf und gehe zu meinen Freunden zurück. „Na, geht's wieder?", frage ich meine kleine Schwester. Lena putzt sich die Nase und nickt. Dann erklingt eine Melodie. Obwohl sie mir vertraut ist, zucke ich zusammen. Mats fischt sein Handy aus der Tasche und schaut aufs Display. „Mama."

„Dann geh ran." Ich lege den Kopf in den Nacken und sehe durch die Baumwipfel in den Himmel. Die Sonne ist doch noch rausgekommen.

„Hallo, Mama", hören wir ihn sagen. Pause.

„Lena und Mary sind bei mir." Pause.

„Wir sind nur ein bisschen spazieren gegangen." Pause.

„Wieso soll ich nicht mit meinen Schwestern spazieren gehen?", fragt er, um einen harmlosen Tonfall bemüht.

Ich muss grinsen. Mama glaubt ihm kein Wort. Er hört ihr eine Weile zu, dann legt er eine Hand über sein Handy. „Wir sollen zum Essen kommen."

„Frag sie, ob noch ein paar Freunde mitkommen dürfen."

Nachdem das geklärt ist, schaue ich Tobi an. „Hast du ein Messer dabei?"

Seine Augen werden groß. „Ja, schon, aber …"

„Gib es mir."

„Was hast du vor?"

„Gib es mir einfach, okay?"

„Maryam, was soll das?", fragt Flora mit ängstlicher Stimme.

„Das wüsste ich auch gerne." Mats legt seine Hand auf meine Schulter. Ich antworte nicht. Nachdem Tobi mir das Messer gegeben hat, gehe ich zum Bunker.

„Maryam?", höre ich Mats noch rufen.

Ich gehe hinunter und mache das Feuerzeug an. Hannes sieht auf. Als er das Messer in meiner Hand entdeckt, lacht er nervös, sagt aber keinen Ton. Ich stelle mich vor ihn und sehe ihm in die Augen. Alles in mir bleibt kalt. Wie habe ich diese Augen mal schön finden können?

Dann befreie ich ihn von den Fesseln, verlasse ohne ein weiteres Wort den Bunker, gebe meinen Freunden ein Zeichen und wir machen uns auf den Weg.

Ein bisschen Glück

Mama hat den großen Tisch im Garten gedeckt und mit frisch gepflückten Gartenblumen und Kerzen dekoriert. Sie guckt uns fragend an, aber wir stehen einfach da. Es gibt ja nichts zu erzählen. Auf dem Weg nach Hause haben wir geschwiegen und ich glaube, jedem ging in etwa das Gleiche durch den Kopf. Heute Nacht werden es fünf Tage sein, dass Liam verschwunden ist. Und wir haben nicht den kleines Hinweis, was sie mit ihm gemacht haben.

Tobi nimmt meine Hand. „Es ist schön bei Euch, dieser Garten, und so."

„Ja, stimmt." Ich habe das immer als Selbstverständlichkeit angesehen. Aber das ist es wohl gar nicht.

„Wo wohnst du denn?"

„In der Myliusstraße." Er sieht mich nicht an.

„Das ist die Straße mit der riesigen Kreuzung, oder?"

„Und den vielen Blocks."

„Verstehe. Wohnst du da mit deiner Mutter und deiner Schwester?"

„Ja."

„Und Dein Vater ist abgehauen?"

„Zum Glück."

„Ich besuch dich mal."

Er lacht. „Das lässt du schön bleiben."

„So schlimm?" Ich lächle ihn an.

„Schlimmer." Er lächelt zurück. Dann zieht er mich von den anderen fort. Hinter einem Baum, der uns nur unzureichend vor den neugierigen Blicken meiner Freundinnen schützt, nimmt er mich in den Arm.

„Du bist das mutigste Mädchen, das ich je kennengelernt habe", flüstert er und küsst meinen Hals.

„Ich? Wieso?"

„Außerdem siehst du süß aus." Er tippt mit einem Finger auf meinen Nasenverband.

„Mach dich nicht über einen Biber lustig."

„Den süßesten Biber, denn ich je kennengelernt habe." Er küsst wieder meinen Hals und etwas in mir wird ganz warm.

Dann blickt er mir in die Augen. „Die Welt, aus der ich komme, ist nicht so … luxuriös wie deine", sagt er unsicher.

„Na und?" Ich erwidere seinen Blick. Es fühlt sich so verdammt gut an, hier mit ihm allein zu sein, dass ich nie wieder woanders sein möchte.

„Meine Mutter ist ein Hippie", sagt er und grinst schief.

„Klingt cool."

„Sie kifft. Und wenn sie nicht kifft, meditiert sie." Ich muss lachen.

„Um näher bei ihrem Schöpfer zu sein." Er lacht jetzt auch.

„Die muss ich kennenlernen."

„Mal sehen." Er sieht mir lange in die Augen, wir sagen beide nichts mehr.

Gerade als wir uns küssen wollen, ruft Mama „Essen!"

Tobi lächelt, gibt meinem Nasenverband noch einen zärtlichen Stups, dann gehen wir Hand in Hand zurück an den Tisch, auf dem jetzt große Schüsseln mit Salaten stehen. Das Grinsen meiner Freundinnen und die hochgezogene Augenbraue von Mama sind mir egal. Carlas Gesicht besteht aus einer einzigen Zahnlücke. Mama gießt allen Saft ein und ruft leicht genervt nach Papa. „Irgendjemand fehlt aber auch immer", murmelt sie.

„Wo sind Laura und Angus?"

„Die haben sich hingelegt, sie kommen später runter, haben sie gesagt."

Ich setzte mich neben Tobi, dessen blonde Locken in der Abendsonne flimmern. Er legt eine Hand auf mein Bein. Carla und Flora lächeln mir zu. Ich habe ihren Segen. Mats grinst anzüglich und ich strecke ihm die Zunge raus. Nur Lena wirkt etwas verloren. Während des Essens reden wir über Belanglosigkeiten. Papa versucht sich an ein paar Anekdoten aus seinem Alltag als Bauingenieur. Wir haben sie alle schon zigmal gehört. Carla und Flora lachen höflich, Tobi scheint sich wirklich zu amüsieren.

Ich kann den Gesprächen nur schwer folgen. In mir tobt ein Sturm, der mich ordentlich durchschüttelt.

Ich bin glücklich, weil Tobi neben mir sitzt und meine Hand hält. Obwohl ich ein Biber bin. Glücklich, dass ich eine so tolle Familie habe und die besten Freundinnen der Welt.

Und ich bin traurig, weil in unserem Gästezimmer zwei Menschen auf dem Bett liegen, die vor Sorge um ihren Sohn fast den Verstand verlieren.

Und ich bin verwirrt. Weil Hannes ein totaler Arsch ist, aber irgendwie doch nicht.

Ich lehne mich zurück und sehe in die Baumkrone. Es wird schon dunkel. Überall im Garten brennen Kerzen, es sieht sehr romantisch aus. Wenn Liam jetzt hier wäre, wäre es der perfekte Abend. Trotz gebrochener Nase. Trotz allem, was geschehen ist. Ich will nicht mehr darüber nachdenken. Ich bin sechzehn Jahre alt, ein Junge mit schönen Locken und lachenden Augen sitzt neben mir und hält meine Hand. Ich will einfach glücklich sein.

Etwas streicht um meine Beine, ich erschrecke. Es ist die Katze der Nachbarn. Ich glaube, sie heißt Cheyenne. So wird sie jedenfalls gerufen. Vielleicht heißt sie aber auch Scheiänn. Ich gebe ihr ein Stück Käse, das sie mit angewidertem Gesichtsausdruck vor meine Füße spuckt. Na, dann eben nicht, Scheiänn.

Ich sehe wieder in die Baumkrone. Man kann nichts mehr erkennen. Jetzt ist es wirklich dunkel. Ich muss an diesen blöden Stern denken. Der immer als erstes am Himmel zu sehen ist. Es ist still am Tisch, alle hängen ihren Gedanken nach. Manchmal hört man ein Glas klirren. Flora und Carla unterhalten sich leise, als wollten sie die Abendstimmung nicht stören. Lena und Mats sind reingegangen und hängen vermutlich vor ihren Handys. Laura und Angus werden wohl nicht mehr rauskommen. Der Junge mit den schönen Locken hält meine Hand. Ich könnte für immer hier sitzen bleiben.

Scheiänn balanciert auf dem Zaun herum. Sie macht das sehr geschickt, hält sich mit aufrechtem Schwanz in der Balance und wandert Richtung Tor. Neben dem Tor steht jemand. Alarmiert richte ich mich auf.

„Was ist?", fragt Tobi.

Mein Herz beginnt gegen meine Brust zu wummern, dann höre ich es bis in den Kopf schlagen. Das kann nicht sein! Ich springe auf. Meine Mutter springt ebenfalls auf.

„Was ist los?", fragt Tobi nervös.

„Liam!", schreie ich. Lena und Mats kommen aus dem Haus gerannt.

Meine kleine Schwester legt eine hollywoodreife Szene hin und springt Liam an. Er schwankt kurz. Er ist es wirklich! Im Gästezimmer geht das Licht an, ein Fenster wird aufgerissen.

„Liam ist hier!", schreie ich hoch.

Was folgt, kann man nur als absolutes Chaos beschreiben. Laura und Angus hängen weinend an ihrem Sohn, müssen ihn sich aber mit Lena teilen. Das Gerangel wird so absurd, dass ich meine Schwester von ihm wegziehe.

„Jetzt lass die doch mal", flüstere ich. Sie guckt mich an wie eine Braut, der am Traualtar der Bräutigam abhandengekommen ist.

Carla, Flora und Tobi halten sich im Hintergrund. Vermutlich, um das Chaos nicht noch größer werden zu lassen.

Dem Wortwechsel zwischen Liam und seinen Eltern kann ich kaum folgen. Sie reden erstens schnell, zweitens englisch, drittens mit schottischem Akzent.

„Was macht ihr denn hier?", fragt Liam und die Verblüffung steht ihm ins Gesicht geschrieben.

„Großer Gott, Liam! Wir haben uns solche Sorgen gemacht", antwortet Laura tränenüberströmt.

„Wo warst du denn nur?" Angus heult nicht viel weniger als seine Frau. Liam stimmt mit ein. Wir lassen sie erstmal heulen.

Papa versucht, etwas Ruhe in das Chaos zu bringen. „Ich schlage vor, wir gehen jetzt mal rein und setzen uns in aller Ruhe irgendwo hin, wo es heller ist", sagt er und schiebt Liam Richtung Haus.

Klingt nach einem Plan.

Im Wohnzimmer geht es etwas gesitteter zu. Liam nimmt auf dem Sofa Platz, umringt von seinen Eltern. Laura streichelt unentwegt seine Hand und murmelt etwas, dass ich nicht verstehe. Es scheint ihm ein bisschen peinlich zu sein. Meine Eltern setzen sich in die Sessel und wir anderen nehmen mit dem Boden vorlieb. Ich sehe Lena an, dass sie gerne diejenige wäre, die Liams Hand streichelt.

„Jetzt erzähl uns bitte mal in aller Ruhe, wo du warst, Liam. Was genau dir geschehen ist. Gerne auf Englisch, damit deine Eltern auch alles verstehen." Mein Vater sieht ihn aufmunternd an.

„Ich war in Amsterdam." Liam zuckt verlegen mit den Achseln.

„Amsterdam?", frage ich verblüfft, „nicht im Wald?"

„Wieso Wald?", Liam legt den Kopf schief, „was mit deiner Nase?", fragt er auf Deutsch.

„Nicht so wichtig, erzähl einfach. Aber wenn es geht, möglichst langsam, damit wir jedenfalls die Hälfe der Geschichte verstehen."

Liam nickt und fährt auf Englisch fort. „Da kam eine Nachricht von deinem Handy." Er nickt mir zu. „Du wolltest mich sprechen, allein."

„Aber die Nachricht war nicht von mir."

„Nein, die war von Daniel." Liam zögert und beginnt zu
zittern.

„Daniel und seine Kumpels sitzen im Knast", wirft Carla ein. So, als hätte sie ganz allein die Typen in den Bau gebracht.

Liam bekommt große Augen, dann entspannt er sich merklich. „Daniel hatte mir nachmittags eine Nachricht geschickt."

„Was denn für eine Nachricht?", fragt Angus.

„Nur einen Satz: ´Du bist tot, du weißt es nur noch nicht´." Laura schluchzt auf, dann schnappt sie sich wieder Liams Hand und knetet sie. Es sieht aus, als würde es wehtun, aber er lässt es geduldig über sich ergehen.

„Dann kam abends die Nachricht von deinem Handy." Liam schaut mich an, ich nicke ihm aufmunternd zu.

Mach es nicht so spannend, Junge!

„Ich dachte, du wolltest mich wegen Lena sprechen."

Meine kleine Schwester richtet sich kerzengerade auf. Ich weiß nicht, wie gut ihr Englisch ist und wieviel sie von dem Gespräch mitbekommt. Laura und Angus sehen sie fragend an, aber sie zuckt nur mit den Schultern.

„Also bin ich in den Garten gegangen", fährt Liam fort. „Es war alles dunkel, nur im hinteren Bereich des Gartens brannte noch ein Licht. Deshalb habe ich ihn erkannt, bevor er mich gesehen hat. Daniel. Und er war nicht alleine. Rechts und links von ihm standen noch zwei Typen."

Das Pimkie-Model und der kurze Dicke, nehme ich an.

„Ich wollte unbemerkt wieder reingehen, aber da hatten sie mich schon entdeckt. Sie kamen auf mich zu gerannt, die zwei anderen hielten mich fest und Daniel zückte ein Messer." Liam zögert einen Moment, dann holt er tief Luft. „Er hielt es mir an den Hals und wiederholte den Satz: ´Du bist tot, du weiß es nur noch nicht´." Im Wohnzimmer herrscht angespanntes Schweigen. Laura weint leise.

Alle sehen gebannt zu Liam. „Mir war sofort klar, dass er jedes Wort ernst meint." Ich war in Panik, habe nur mein Geld und meine Jacke geholt und bin abgehauen."

„Abgehauen, wie meinst du das?" Lena guckt ihn mit ihrem Welpenblick an.

„Ich wollte nur noch nach Hause." Liam sieht zu seiner Mutter. Das erste Mal sehe ich Laura entspannt lächeln.

„Aber wieso Amsterdam?", frage ich.

„Ich wollte mit der Fähre nach Newcastle. Aber mein Geld hat nicht gereicht." Er zuckt entschuldigend mit den Schultern. „Ich konnte doch nicht wissen, dass ihr euch solche Sorgen macht." Dann blickt er zu Lena. „Ich hatte dir doch eine Nachricht geschickt, dass alles okay ist."

„Was?" Meine Mutter zieht scharf die Luft ein.

„Ich wusste ja gar nicht, ob die Nachricht von Liam ist." Lenas Augen füllen sich mit Tränen. „Und dann kam das ganze Chaos mit Mary."

„Wir sollten jetzt die Ruhe bewahren und schauen, wie jedes Puzzleteil zusammenpasst", sagt Papa.

„Ich bin bis Amsterdam getrampt. Ein Mann an einer Tankstelle hat mir sein Handy geliehen, damit ich die Nachricht schreiben kann." Er sieht zu seinen Eltern. „Wenn ich gewusst hätte, dass ihr hier seid ... "

„Moment mal", ich richte mich auf und blicke zu Liam.

„Was denn?" Ein unsicheres Flackern liegt in seinen Augen.

„Da fehlt aber ein entscheidender Teil der Geschichte, oder?"

„Wieso, was meinst du?"

„Eben waren wir noch an der Stelle, wo Daniel dir das Messer an den Hals gehalten hat."

„Ach so." Liam blickt zu seiner Mutter, die ihm aufmunternd zunickt.

„Daniel hat gesagt, er schenkt mir einen Tag", flüstert er.

„Was hat er denn damit gemeint?", fragt Tobi, der dicht neben mir sitzt.

Liam schluckt heftig. „Einen Tag, um mich auf meinen Tod vorbereiten zu können."

Angus springt auf. „Was ist das nur für eine Bestie?", fragt er und lässt seine Fingerknöchel knacken. Es geht mir durch und durch.

„Dann hat Daniel mir mein Handy abgenommen und ist mit seinen Freunde abgezogen. Ich war total in Panik, bin nach oben gerannt, habe mir meine Jacke und mein Geld geschnappt und bin abgehauen." Liam zuckt entschuldigend mit den Schultern.

„Das hätte ich vermutlich auch getan", meint Tobi, „auch wenn es komplett dämlich war." Er grinst Liam an, der grinst zurück und wechselt ins Deutsche. „In Amsterdam war Geld leer. Dieses Scheiß Fähr is so expensive. Ich war in den Arsch." Wir müssen lachen. Nur Angus und Laura sehen sich verwirrt an. Liam übersetzt, sie lächeln zaghaft. „Also bin ich wieder zurück getrampt."

Ich sehe auf die Uhr, es ist fast Mitternacht. Schlagartig wird mir klar, dass das immer noch der Tag ist, an dem ich aus dem Krankenhaus entlassen wurde.

Mein Vater steht auf. „Ich verständige die Polizei."

„Was, warum?" Liams guckt ihn verängstigt an.

„Die suchen dich, Liam", sagt mein Vater so sanft wie möglich. „Wir müssen wenigstens Bescheid geben, dass du wieder da bist."

Liam lässt seine Schultern fallen. „Wenn ich gewusst hätte, dass ihr euch solchen Sorgen macht", wiederholt er seinen Satz.

„Wir sind doch alle total froh, dass du wieder da bist." Ich sehe ihn an und lächle beruhigend. „Wir dachten, Daniel hätte dich."

Liam schaut verlegen von Lena zu seinen Eltern und dann wieder zu mir.

Carla tippt eine Nachricht in ihr Handy, vermutlich an ihre Eltern.

Kurze Zeit später kommt mein Vater zurück ins Zimmer. „Die Polizei ist gleich da."

„What?" Liam schaut ihn verunsichert an.

„Das ist Routine, Liam, kein Grund zur Sorge."

Dann klingelt es auch schon und der Kommissar, dessen Namen ich nicht weiß, kommt herein. Ob er mein Handy dabeihat?

Nachdem Liam seine Geschichte noch einmal erzählt hat, sehe ich den Mann an. „Wie geht es denn jetzt weiter?"

„Nun, wir haben drei Aussagen, die Daniel und seine zwei Freunde stark belasten. Ich gehe davon aus, dass Anklage wegen Freiheitsberaubung, Körperverletzung, Erpressung und Androhung von Mord erhoben wird. Natürlich ermitteln wie weiter, es scheint noch mehr Opfer zu geben."

Neben mir fühle ich Tobi zusammenzucken. Ich nehme seine Hand und denke über das nach, was der Kommissar gerade gesagt hat. Drei Aussagen.

„Wieso drei Aussagen?"

„Ihre, Frau Landmann." Er blickt zu Liam, „die von Herrn Murray und die von Herrn Westphal."

„Hannes?"

Der Kommissar nickt. „Ich schlage vor, Sie alle schlafen sich jetzt erstmal aus und morgen sehen wir weiter."

Ich bin schlagartig todmüde.

Mein Vater bringt den Polizisten zur Tür, während ich Tobi ansehe. Er lächelt und streicht mir eine Haarsträhne aus dem Gesicht. Vermutlich sehe ich aus wie eine auferstandene Leiche. *Ein Zombie hängt am Glockenseil.* Warum fällt ihm das denn gar nicht auf?

„Dieser Abend war wirklich lang", meint Mama und schaut meine Freunde an, „soll ich jemanden fahren?"

„Nicht nötig", Carla steht auf, „ich rufe meinen Vater an, der kann mich holen und Flora mitnehmen." Dann sieht sie zu Tobi. „Dich natürlich auch, wenn du willst."

„Ich habe mein Rad, danke."

„Bist du sicher, dass du jetzt noch allein mit dem Rad fahren willst?"

„*Jack the Ripper* ist ja hinter Gittern, was soll mir passieren?", erwidert er grinsend.

Dann sind plötzlich alle weg. Nur meine Freundinnen, Tobi und ich stehen noch im Flur und warten auf Carlas Vater.

„Dieser Tag war ziemlich irre." Ich lächle meine Freunde an.

„Vor allem für dich", Tobi nimmt mich in den Arm, „du musst komplett fertig sein."

Ich lehne meinen Kopf an seine Schulter. „Ich bin komplett fertig." Dann hören wir das Auto in die Einfahrt fahren und gehen zusammen raus. Carla und Flora verabschieden sich mit einer Umarmung, steigen ein und fahren davon.

Wir sind allein. Der Junge mit den lachenden Augen und ich. Arm in Arm gehen wir zu seinem Rad. Der Mond wirft ein mildes Licht auf die Einfahrt. Es ist immer noch warm.

Tobi nimmt mich in den Arm. „Gute Nacht, mein kleiner Nasenbär", flüstert er mir ins Ohr.

Ich denke darüber nach, welche Wandlungen ich in den letzten vierundzwanzig Stunden durchlaufen habe. Eingeschlafen bin ich als Elefantenbaby, aufgewacht als Biber. Dann habe ich mich als lebende Leiche versucht, die im Park zur Spitzmaus wurde. Und jetzt bin ich also zum Nasenbären aufgestiegen. Nicht schlecht für einen so kurzen Zeitraum.

Ich sehe Tobi in die Augen. „Du bist der einzige Junge, den ich kenne, der auf Nasenverbände steht", sage ich grinsend.

„Ich stehe auf mutige Mädchen." Er stupst meinen Verband an.

Dann küssen wir uns. Endlich.

Von mir aus könnte dieser Kuss die ganze Nacht dauern.

Ferien

Die alte Schaukel quietschte nicht schlecht, als ich sie anschubste und Lena sich auf den Weg in den Himmel begab, an dem weiße Wölkchen schwebten.

„Ich sterbe, Maryam", jammerte sie.

„Ja klar."

Nächster Schubs. Quietsch.

„Wirklich."

„Lena! Es ist nur ein Junge!"

„Das musst du gerade sagen."

Schubs. Quietsch.

„Ihr schreibt euch doch, oder?"

Sie schlurfte mit den Füssen über den Boden und die Schaukel kam zum Stehen. „Klar, ungefähr fünfzig WhatsApps pro Tag. Aber es ist trotzdem doof."

Meine Schwester legte den Kopf schief, seufzte schwer und sah mich an. „Liam ist jetzt schon über einen Monat nicht mehr hier."

Ich strich ihr übers Haar. „Ich weiß."

„Ich vermisse ihn, aber …"

„Aber?"

„Also, es ist so. Luca hat mich gefragt …"

„Luca?"

„Na, dieser Vollidiot aus meiner Schule … grins nicht so!"

„Und was ist mit *diesem Vollidioten aus deiner Schule*?"

„Er will mit mir ins Kino gehen."

„Und?"

„Das kann ich Liam nicht antun."

„Na, dann lass es sein."

„Das ist nicht dein Ernst, Maryam!"

„Lena!"

„Liam würde das ja gar nicht mitbekommen."

„Dann geht mit Luca ins Kino."

„Meinst du?"

„Willst du meine Absolution, oder was?"

Hallo, rief jemand vom Tor. Carla und Flora winkten uns zu und lehnten ihre Räder gegen den Zaun. Flora war braun wie Nougatschokolade. Sie lag die Hälfte des Tages im Schwimmbad rum und sonnte sich. Waren ja auch Ferien.

„Also, sag schon, Maryam. Soll ich oder soll ich nicht?"

„Lena, du musst das tun, was du für richtig hältst."

„Okay. Also ja?"

„Ja", antwortete ich, damit meine Schwester Ruhe gab. Ich musste dringend mit Carla und Flora sprechen. Deshalb gab ich der Schaukel einen weiteren Schubs und ging meinen Freundinnen entgegen.

„Du hast es ja ganz schön spannend gemacht am Telefon", sagte ich zu Carla. Sie blinzelte mir zu.

„Lasst uns an den Tisch setzen, da haben wir unsere Ruhe."

Lena schaute neugierig zu uns rüber, ich winkte ihr in der Hoffnung, dass sie blieb, wo sie war. Die Hoffnung erfüllte sich nicht. Mit einem unschuldigen Lächeln kam sie zum Tisch. „Hallo, Ihr zwei."

„Hi Lena."

Sie wollte sich setzen.

„Lena, wir haben etwas zu besprechen. Ohne dich!"

„Immer diese Geheimnisse", antwortete sie beleidigt, zog aber ab.

Ich sah Carla an. „Schieß los, was hast du für Neuigkeiten."

„Lass uns auf Tobi warten, sonst muss ich alles zweimal erzählen."

„Also gut, er muss jeden Moment hier sein. Wollt ihr was trinken?"

Ich lief in die Küche, stellte Wasser, Saft und Gläser auf ein Tablett und wollte gerade zurück in den Garten, als Lena sich mir in den Weg stellte.

„Was ist denn noch?"

„Soll ich oder soll ich nicht?"

„Was?"

„Mit Luca ins Kino gehen natürlich."

„Jaha", sagte ich seufzend.

„Meinst du das auch wirklich ernst?"

„Jaha." Ich schob mich an ihr vorbei.

Das Haus fühlte sich immer noch leer an, obwohl Liam und seine Eltern schon so lange fort waren.

Tobi setzte sich gerade zu meinen Freundinnen an den Tisch, als ich aus der Tür trat. Er trug eine grasgrüne Shorts und ein weißes Shirt, das seine blasse Haut noch blasser erscheinen ließ. Seine Locken leuchteten in der Sonne wie ein Heiligenschein. Ich musste grinsen. Nachdem ich das Tablett abgestellt hatte, gab ich ihm einen Kuss, setzte mich neben ihn und nahm seine Hand.

Flora, Tobi und ich sahen gespannt zu Carla. Die grinste und zeigte uns ihre wunderbare Zahnlücke.

„Nun erzähl schon." Ich hielt es nicht länger aus.

„Mein Vater hat eine Freundin."

„Was?" Flora bekam Schnappatmung.

„Nicht, was du denkst. Eine Freundin aus der Studienzeit. Rein platonisch."

„Ach so", entgegnete Flora leicht enttäuscht.

Carla setzte eine Verschwörermiene auf. „Und die ist bei der Staatsanwaltschaft."

Ich hielt den Atem an.

„Und deshalb weiß ich ein paar Dinge, die ich gar nicht wissen dürfte."

„Carla! Mach es nicht so spannend, ich bekomme gleich einen Herzkasper!"

„Ihr müsst mir hoch und heilig versprechen, dass Ihr nichts von dem, was ich euch jetzt erzähle, weitersagt."

„Geht klar", entgegnete Tobi.

„Großes Ehrenwort?"

Wir nickten. Carla schwieg.

„Rede!"

„Die Staatsanwaltschaft hat die Computer und Handys von Daniel und seinen dreckigen Kumpels beschlagnahmt."

„Und?"

„Und darauf Filme gefunden."

Ich spürte Tobis Hand in meiner feucht werden. Er begann zu zittern.

„Mein Vater sagt, es gibt auf den Festplatten mehrere Aufzeichnungen von Mädchen, die …"

„Ich will das nicht hören." Tobi sprang auf, setzte sich aber Sekunden später wieder. „Diese Bastarde."

Er knallte seine Faust auf den Tisch.

„Die gute Nachricht ist, dass die Filme nirgendwo im Netz zu finden sind, das wurde schon überprüft."

„Und die schlechte Nachricht?", fragte ich besorgt.

„Man kann nicht sicher sein, dass es noch irgendwo Kopien gibt."

„Scheiße!" Ich sah Tobi an, der wütend vor sich hin starrte. „Weißt du auch, was jetzt mit den Dreckschweinen passiert?"

Carla grinste. „Die kommen in den Knast, alle drei."

Ich konnte auf einmal viel besser atmen. „Für wie lange?"

„Lange, meint mein Vater."

„Und Hannes?" Tobi schnaubte und ließ meine Hand los. Ich schnappte mir seine wieder. „Ich will es doch nur wissen."

„Der wird mit ein paar Sozialstunden davonkommen. Er ist ja auch Geschädigter."

„Wie meinst du das?"

„Es gab auch einen Film mit ihm … mein Vater wollte sich nicht weiter darüber auslassen. Aber Daniel hat ihn wirklich erpresst."

„Das ändert nichts daran, dass der Typ ein Arsch ist", schnaubte Tobi und knetete meine Hand. Es tat weh, ich ließ es trotzdem geschehen.

Nach einer Weile stand ich auf, ging zur Schaukel und setzte mich. Am Himmel strahlten die schneeweißen Wölkchen mit der Sonne um die Wette.

Ich werde Hannes also wiedersehen. Spätestens nach den Ferien. Was würde ich fühlen? Wie ihm begegnen? Ich hatte keine Ahnung.

Aber eines wusste ich genau. Diese Ferien waren zu kostbar, um sie mit düsteren Gedanken zu vergeuden.

Ich würde sie genießen, so gut es ging. Und es würde gut gehen, mit meinen Freundinnen und mit ihm. Tobi, dem Jungen mit den blonden Locken und den lachenden Augen.

Danke

2016 gewann ich mit den ersten zwanzig Seiten dieses Romans den Literaturpreis Nordost, verbunden mit einem Schreibaufenthalt in der schönen Prignitz.

Diese Auszeichnung war für mich ein großer Ansporn, den Roman auch wirklich zu Ende zu schreiben.

Dafür bedanke ich mich bei den Freien Lektoren Dr. Gregor Ohlerich und Rouven Obst, die diesen Preis ausgelobt haben.

Von der Autorin außerdem erschienen:

Das mit dir und mir
Jugendbuch, dtv 2014

Hat sie dieser gutaussehende Typ wirklich gerade gefragt, ob sie mit ihm auf ein Konzert gehen will? Ihr erstes Date! Und dann kommt er nicht. Warum läuft er ihr später aber ständig über den Weg – und warum kann sie ihn nicht einfach vergessen? Skinny muss sich eingestehen, dass sie sich Hals über Kopf verliebt hat. Und dass es an der Zeit ist, ihr eigenes Geheimnis zu lüften . . .

A Song about Love
Young Adult, BoD 2015

Jonas verliebt sich Hals über Kopf in die schöne Mona. Und Mona erwidert seine Gefühle. Es könnte der Sommer ihres Lebens werden. Wenn da nicht diese Scheißwette wäre, auf die sich Jonas leichtsinnerweise eingelassen hat. Denn die bringt alles ins Wanken. Seine Liebe, seine Zukunft, seine Existenz. Und irgendwann zählt nur noch eines: Er muss seine große Liebe retten!

Verlieb! Dich! Nicht!
Young Adult, BoD 2019

Caro tut alles, um sich dem jugendlichen Charme von Ben zu entziehen, der völlig unverfroren mit ihr flirtet. Vergebens. Schon bald ist sie heillos verliebt. Und er scheint ihre Gefühle zu erwidern. Kann das gut gehen? Mit einem gerade mal neunzehnjährigen Mann, so viel jünger als sie? Was weiß sie eigentlich über diesen Ben? Wer genau ist er? Nach und nach findet Caro es heraus. Und wird mit einer ungeheuerlichen Wahrheit konfrontiert.